DES CO BER TAS

Nyna Simões

DESCOBERTAS

a culpa é sempre das outras

hoo editora

DESCOBERTAS

Copyright © Nyna Simões

Publisher
Juliana Albuquerque

Capa
Bruno Dini

Projeto gráfico e diagramação
Raquel Coelho

Dados Internacionais de Catalogação na Publicação (CIP)
Angélica Ilacqua CRB-8/7057

Simões, Nyna
Descobertas: a culpa é sempre das outras / Nyna Simões. --
São Paulo : Hoo Editora, 2016.
  160 p.

ISBN 978-85-69931-10-2

  1. Literatura brasileira   2. Ficção brasileira   I. Título

16-0306   CDD B869

Índices para catálogo sistemático
1. Literatura brasileira

[2016]
Todos os direitos desta edição reservados à
HOO EDITORA
Telefone: 55 15 3327.0730
hooeditora.com.br

À Cira, que me apresentou às melhores histórias. À Renata, que sempre me incentivou e acreditou em mim. Ao Allan, que esteve presente em todas as páginas da minha vida. À Roberta por segurar a minha mão. E, principalmente, à Rita, por ser tudo o que é e manter meus pés no chão.

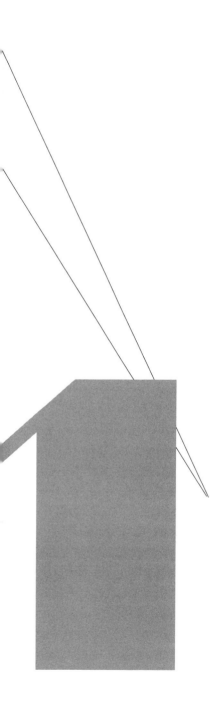

O que você precisa saber de mim?

Sou Ana, tenho 29 anos e sou publicitária. Trabalho bastante na minha própria agência de publicidade. Acho que nasci para mandar, mas confesso que tive que ralar bastante até chegar aqui. Até trabalhar de graça, já trabalhei. Mas enfim, comando uma equipe de talentos, de pessoas fogosas, secas para ganhar os melhores prêmios da propaganda. Por quê? Minha equipe é formada, em sua grande maioria, de universitários e recém-formados. Essa é a idade em que queremos provar tudo para todos. Eles querem provar que são os melhores, que seus trabalhos são dignos de prêmios. Eu incentivo, e, sim, minha agência já ganhou diversos prêmios, mas também já passei por muitas cenas vergonhosas, é o preço de arriscar uma ideia. Sou casada e não tenho filhos. Sou casada com uma mulher, Júlia. Ela é jornalista, chefe de redação. Aquele tipo que gosta dos pingos nos is, de pontos e vírgulas e tem a péssima mania de corrigir todo mundo. Mas é uma pessoa calma, apesar da sua profissão ela está sempre tranquila e sorridente. Tem também 29 anos, nos apaixonamos perdidamente num show de um cantor de MPB. Trocamos celulares, mensagens, e aqui estamos. Juntas há oito anos. Precoces? Não acho, acho que o amor acontece quando tem que acontecer, para a gente foi cedo, demos sorte.

Temos pequenos atritos diários, apesar de nos amarmos, somos muito diferentes, acho que aí está a verdadeira chave para um bom relacionamento. Os atritos. Fernanda Young disse "Casal que vive brigando não tem crise" e é a mais pura verdade. Nunca tivemos uma crise, porque temos pequenas rusgas todos os dias.

Motivo? Sou muito agitada e ela muito quieta. Enquanto ela está pensando em falar ABC, já estou terminando de dizer XYZ. Duas comunicólogas que brigam porque não sabem se expor corretamente. Não há falta de comunicação entre a gente, pelo contrário, há muita comunicação até mesmo telepática. Reconhecemos nossas caras e bocas sem que precisemos dizer qualquer coisa.

Já pensamos em adotar uma criança, e tenho certeza de que é isso que eu quero. Mas ainda estamos juntando dinheiro para fazer uma inseminação artificial dessas novas, em que nossa filha será de fato minha e dela. Essa coisa de transformar a célula-tronco, sabe? Acho que vai ser uma boa garota.

Bom, estávamos trabalhando muito e em consequência disso estávamos muito estressadas. Com o carnaval se aproximando decidimos que tiraríamos justas férias e viajaríamos. Como tudo entre nós é discutido... Passamos por várias batidas de portas, gritos, sabotagens, bebedeiras, até conseguirmos decidir que iríamos acampar. Decidido não é a palavra, cedido, sim. Cedido por mim. Ela encasquetou nesta ideia e quando a Júlia coloca algo na cabeça, não há quem tire. Combinamos de acampar no carnaval, e nas férias de julho quem decide o destino sou eu.

Sou alérgica a mosquitos, tenho alergia a protetor solar e fui viajar contrariada.

Se você não imagina as coisas que podem ter acontecido nesse acampamento ou tudo o que ele mudou, vire a página.

Meu bem, você realmente acredita que vou descer aqui?

Você atolou o carro, agora você que trate de resolver. Não é pra isso que servem os casais? Para ambos resolverem seus problemas? Pois bem, não sei resolver este, agora é com você. Quero ver. Você não é a boazuda, gostosona que resolve tudo?

– Cadê o macaco?
– No porta-malas.
– Pega pra mim?

Ótimo, este sol escaldante, esse carro velho sem ar-condicionado e ainda tenho que fazer um contorcionismo pra pegar o macaco. Por que ela não pega? Já tá derretendo lá fora mesmo. Enquanto pego, ela vai ficar fazendo o quê? Olhando pro pneu. Pensando em como vai fazer isso.

Eu? Nem vou ver como está a situação, conheço essa cara de

"fodeu" que ela faz às vezes, quando não sabe o que fazer. Não sabe o que fazer e faz careta, como se a careta fosse servir de alguma coisa, serve apenas para me desesperar.

–Toma o macaco.

Será que ela vai saber como fazer isso? Confio nela, ela é inteligente, com certeza já viu isso em algum filme e vai tentar fazer igual, ela vai conseguir, óbvio. Ela sempre consegue me acalmar. Deve ser meio-dia agora, estou sentindo os raios do sol atravessando esse vidro imundo desse carro empoeirado. Carnaval acampando, que ideia maravilhosa! Melhor que isso só o quê? Ir pra casa dos parentes dela. Não, não.

Relaxem mosquitos, estamos chegando, terão duas excelentes mulheres para comer. Sim, porque com o humor que ela vai ficar, só os mosquitos mesmo que vão me comer.

Talvez fosse melhor ir lá fora e tentar ajudar… Já tô ouvindo os berros dela. Eu sabia, não só atolamos, como o pneu furou, agora entendi o motivo do macaco. Não vou empurrar carro, posso no máximo sair daqui pra diminuir o peso, quem sabe tirar algumas coisas do porta-malas, mas empurrar, não.

Por que fui casar com uma mulher? Um cara aqui, com certeza não estaria falando com o pneu, e já teria resolvido o problema. O que ela acha? Que o pneu vai dizer "Me empurra mais, isso, agora gira"?

– Pronto, dá pra sair do carro pra eu empurrar?

Adoro quando ela lê meus pensamentos, acho que muitos anos de convivência te fazem merecer esse dom de saber o que sua amada está pensando. Olha esse calor! Ela vai empurrar, jura que tem força, OK, vou dar uma ajuda. É pra isso que sirvo, pra ajudar as pessoas a resolverem problemas. Calma mosquitos, estamos chegando.

Conseguimos, de volta ao carro.

– Sabia que ia dar algum problema no meio dessa viagem.

– Mas você já resolveu, quanto tempo pra chegar lá?

– Acho que daqui a meia hora.
– Que bom, daqui a trinta minutos seremos almoço de mosquitos.
– Você trouxe o repelente?
– Claro que sim.
– Eu também, comprei na farmácia enquanto você colocava as coisas no carro, pensei que ia esquecer.
– Ah que linda amor, adoro quando você encontra modos românticos de frisar meus defeitos.

Eu ia esquecer? Não sou eu que vivo esquecendo tudo. Não gostei. Mosquitos comam ela, não faço questão. Depois dessa, tô pensando seriamente em arranjar um bonitão pelo camping e ir acampar em pau grande.

– Amor, vamos desistir de acampar?
– Não, depois de tudo isso, foram dias organizando esse acampamento, troquei um pneu pela primeira vez, agora é questão de honra acampar.
– Que honra, amor?
– Você sabe de que honra eu tô falando.
– Tudo bem, só que perdi o tesão de acampar.
– Você sempre perde o tesão, pode deixar que chegando lá você recupera.

Vou recuperar como? Montando a barraca? O que a gente não faz por amor, não é mesmo? Ela quis vir acampar e, mesmo sendo alérgica a mosquitos, eu vim. Agora fica me dizendo essas coisas. Por que me casei com uma mulher? Aliás...

– Que biquíni você trouxe?
– Trouxe o branco e o verde florido.
– Você acha realmente que vai sair de biquíni branco na praia do meu lado, né?
– Ah, minha ciumenta, o que que tem?
– Tem que todo mundo vai ficar olhando quando você sair do mar.
– Deixa eles olharem, eles não podem ter.
– Então por que trouxe? Pra se insinuar?

- dEscoBertas -

Ela não respondeu, olhou séria pra mim, e voltou a se concentrar na direção. Odeio quando ela faz isso. Me xinga, mas não me deixa falando sozinha.

– Você tem razão. Acho melhor desistirmos de acampar.

– Não, amor, é importante pra você. Vamos, a gente já tá quase chegando.

– Não quero acampar assim com você de mau humor, regulando tudo, e acabando com minha alegria.

– Não, não, prometo que não vou fazer mais isso.

Seguimos em silêncio.

Ela deve estar de brincadeira comigo, vamos acampar aqui nesse lugar que mais parece um campo de futebol sem traves? Cadê a sombra desse lugar? Vamos morrer de calor!

– Chegamos, amor, olha que paraíso, olha essa vista. Campo aberto, acho que somos as primeiras a chegar.

– Você tá brincando, né? A gente vai morrer de calor!

– A gente só vai ficar na barraca à noite amor, e à noite faz frio. Aqui tá ótimo, me ajuda com as coisas?

Enquanto ajudava, já me sentia sendo refeição de mosquitos, mas OK. Estamos apenas eu e ela, num final de semana de puro romantismo, sem ninguém pra nos encher e…

– Você trouxe a bomba pra encher o colchão?

– Trouxe, mas não coloquei nas malas, joguei na parte de trás do carro.

– Depois eu procuro, não vamos encher agora, né?

– Não, vamos armar a barraca, deixar fechada e vamos pra praia.

Ótimo, assim os mosquitos não me comem por muito tempo. Praia, cerveja, ela. O que mais eu quero? Quero um guarda-sol, e tenho certeza que isso ela não trouxe. Eu teria visto. E aonde ela pensa que vai com esse biquíni branco? Outra discussão não. Tá, não vou dizer nada.

– Eu não trouxe o guarda-sol, mas a gente pode comprar na trilha pra praia. Me informei sobre isso.

Andamos, andamos até não querer mais andar. O pior é pensar que teremos que voltar tudo isso, e vou chegar e morrer. Vou cair de sono. Se ela queria uma segunda lua de mel pensou errado, vou ficar morta. No meio do caminho tem um bar, ótimo! E uma caminhonete parada, será que tem mais alguém no camping? E as pousadas, por que não vão para as pousadas? OK, não vou ficar sofrendo por antecipação. Afinal, pra que mesmo queremos ficar sozinhas na nossa "lua de mel"?

Enfim, praia! Como é bonita a natureza, essas ondas, uma cadeira pra mim, embaixo do guarda-sol, uma cerveja e ela, linda, linda, saindo do mar com um cara se aproximando. Um cara se aproximando, eu sabia! Olha como ele olha pra ela. O rosto dela é mais pra cima, cara! Bem sei o que ele tá olhando. A transparência. Devo ir lá acabar com isso? Não, vou ficar aqui pra ver até onde vai a cara de pau dela. Ela tá vindo, disfarça.

– Amor, aquele cara me chamou pra jogar frescobol, aqui mesmo, na frente, você vai ficar chateada se eu for? Posso pedir pra ele emprestar pra gente jogar depois.

Ela está transparente, e estou olhando exatamente pra onde o cara estava olhando. Ana, você já foi melhor. E aí, ela pode jogar? Claro que pode, não sou a dona dela.

– Vai lá.

Ela me molhou. Precisa se jogar em cima de mim toda molhada pra me dar um beijo? Parece criança que pede permissão da mãe pra ir na padaria comprar doce. Só vou ficar aqui olhando, olhando até cansar.

Ela joga bem ou será que ele está deixando ela ganhar? Que orgulho dessa atleta embutida, nesse corpo lindo. O biquíni vai secar. Já tá secando. Quase não vejo mais nada. E o cara tá suando, será que tá suando frio? Cadê aquele meu livro? Leio ou finjo que leio? Finjo que leio.

Estão se aproximando, conversando. O que tanto a Júlia conversa com um cara que mal conhece? De onde você é, quantos anos tem, tá solteira? Não! Vão entrar no mar. Eu sabia! Tinha certeza, ele quer vê-la transparente de novo, até eu quero ver, mas do meu lado. Não ali jogando frescobol. Bonita se divertindo no mar, falou que eu tô aqui? Que sou ciumenta? Que vou dar na cara dele? Aposto que não.

Vou embora. Chega. Vou pegar meu livro, matar minha cerveja, pegar minha cadeira e vou embora. Prefiro ser devorada pelos mosquitos do que assistir a isso. Será que ela não se toca? Ela tá voltando. Vai se jogar na canga, é a cara dela fazer isso. Fez. Não disse? Previsível.

– Quem ganhou?
– O quê?
– O jogo.
– Ah, eu, claro!
– Claro.

Convencida ingênua. Será que veio pro meu lado por peso na consciência ou porque o cara é um babaca mesmo? Será que minha companhia é tão ruim assim? Não estou fazendo nada pra agradá-la também, só fico pensando, reclamando. Isso não tá certo, Ana, faz alguma coisa.

– Amor, tava te vendo de longe. Suas corridas de bicicleta estão fazendo bem pro seu corpo.
– Você acha?
– Acho e aposto que o cara do frescobol também achou.

Não resisto a uma cutucada, não devia ter falado isso, mas saiu.

– Ele tava com a namorada.
– Ah é? Então eu devia ter feito companhia pra ela enquanto vocês jogavam.
– Devia mesmo, eles estão no mesmo camping que a gente, mas ainda não armaram a barraca, por isso achei que fossemos as primeiras. Vamos lá fazer amizade.
– Claro.

Agora vou me vingar. Ah, se vou! Ela tá com esse sorriso de orelha a orelha, bonitinha. Vai cair do cavalo. Bonita a namorada dele. Simpática. Guarda-sol, cerveja, mulher bonita e simpática ao meu lado.

Duas cornas, né?

Se ela é mansa não sei, mas eu não sou, nem um pouco. Será que ela tá vendo que a Júlia tá transparente? Claro que tá, porque se está olhando pro namorado dela, tá percebendo que ele tá babando em cima da *minha* Júlia.

– Quer dizer que vocês são nossos vizinhos?

Acho que já esperava que eu puxasse assunto, ela pareceu bem aliviada.

– Pois é. Vocês estão sozinhas?

– Estamos, por quê?

– Pensei que tivessem vindo com galera, sabe? Duas amigas assim sozinhas...

– Nós somos casadas.

– Ah... Que bom, né?

– Você deixa seu namorado assim, jogando frescobol com mulheres que ele não conhece?

– Claro, sei que você deve estar pensando que é um galinha e eu, uma chifruda, mas não. Temos um relacionamento aberto. Ele fica com quem quiser e eu também, desde que não haja mentiras e nenhum dos dois se apaixone.

– É a modernidade...

– Vocês não são assim?

– Não, sou muito ciumenta pra falar a verdade.

Acampando ao lado do inimigo. Será que essa é a hora certa de acabar com a farra dos dois ou simplesmente pegar minhas coisas e voltar pro acampamento? Deixar ela aí, comida pro lobo mau. De que adianta? Estão no mesmo acampamento. Viu? Eu quis voltar quando o carro atolou, era meu sexto sentido sentindo essa palhaçada.

Ela tá vindo, cansou do frescobol. Que gracinha.

– Quer mais cerveja?

— Quero.

Ela vai beber, ótimo! E eu não quero mais ficar aqui. Vou sair de perto deles. Dou explicações para a moça? Não, cornos são cornos justamente porque não ganham explicações.

— Ei, aonde você vai?

— Vou sentar um pouco mais pra perto dos quiosques, tem mais sombra, a areia tá muito quente aqui.

Pois sim, vou é cuidar do que é meu, se você não cuida, o problema é seu. Arma o guarda-sol de novo, devem estar me achando uma piada. Mas uma mulher ciumenta é pior que choque de 220 V, a Júlia devia saber disso. E lá vem ela, com duas cervejas.

— Ué por que saiu de lá?

— Não gostei deles.

— Como não gostou deles?

— Eles têm um relacionamento aberto, Júlia.

— Como assim?

— Assim: ele tava olhando pros seus peitos dentro desse biquíni transparente e, se fizesse alguma coisa, a passiva corna, namorada do ativo corno, ia deixar… Porque não têm ciúmes, eles ficam com outras pessoas.

— Ela te falou isso?

— Falou. Por quê? Ele também te falou?

— Claro que não, né, Ana.

— Ela perguntou se somos amigas.

— E o que você disse?

— Que somos casadas.

— E o que ela disse?

— Vamos parar com isso? Se você tivesse ficado do meu lado o tempo todo, saberia o que ela disse, mas não sei que fogo é esse que você tem de ficar jogando frescobol com desconhecidos. Não vou ficar repetindo o que ela disse ou deixou de dizer.

— Como eu ia saber que eles têm essa relação?

– Aí é que tá, meu amor, você não deveria nem saber jogar frescobol, desconhecia esse seu lado.

– Desculpa.

Desculpa? Uma simples palavra cuspida, que realmente vai melhorar meu dia. Onde ela pensa que ela tá? Num filme? Por favor, né? Desculpa. Foi lá se exibiu, toda transparente, jogou frescobol, ficou sendo simpática e pede desculpas? E se eu não estivesse aqui? Ela teria dado pra ele. Com certeza teria.

– Vem, vamos no quiosque comer alguma coisa, tô morrendo de fome.

Não foi comida e agora quer comer. Típico.

Sentamos no quiosque. Particularmente acho uma nojeira comer assim, cheia de areia. Aquela areia que gruda, você lava a mão e não sai. É só ver uma comidinha, e a areia gruda nela.

A Júlia acabou de pedir isca de peixe e camarão. É, ela sabe como me agradar. Tá olhando o mar com cara de "Que lindo". Será que se arrependeu de ter vindo comigo? Preciso exercer mais meu lado rural aqui. Sai cidade, sai de mim!

– Amor, viu se tem lugar pra pescar aqui?

– Vi, tem sim, podemos ir lá mais tarde ou amanhã.

– Acho que tô precisando mesmo pescar!

– Com certeza, ia sugerir isso pra você.

Que amor, vê como ela é sutil? Dá indiretas tão suaves, que se não a conhecesse como a palma da minha mão, com certeza aceitaria suas críticas embutidas em tanta gentileza e simpatia.

– Depois de comermos, quer continuar na praia, pescar ou voltar pro acampamento e arrumar as coisas?

– Podemos voltar e arrumar, né? Montar barraca à noite vai ser um pouco complicado.

– É verdade. E ainda temos que achar a bomba do colchão.

– Ah, Júlia, deve estar embaixo do banco, não vai ser tão difícil assim, é só um carro, não é o Maracanã.

– Espero que você lembre o que está falando.

– Tá me chamando de esquecida de novo?

– Claro que não. O que foi, hem, amor? Você tá mal-humorada desde que saímos de casa. Veio calada e, quando falou, foi só patada.

– Júlia, não dou patadas porque não sou animal. Só estou de TPM.

– TPM? Conheço você de TPM, não é isso. E acho que a gente devia ter voltado quando tivemos essa ideia.

– Mas agora já estamos aqui, e prometo que vou tentar ficar em paz. Bom, não existe lugar melhor pra ficar em paz do que um lugar que não tem nada, né?

– Natureza, amor, natureza.

– Será que foram pescar o peixe pra servir?

Júlia me olhou com uma cara tão de tédio, que me senti o próprio tédio. Não, Ana, você não pode ser assim. Muda, muda.

– Enquanto a comida não vem, vou dar um mergulho.

– Tá bom, te espero aqui.

Deixei minhas coisas na mesa e saí caminhando pela areia, que parecia que estava queimando meus pés. O que tem algumas bolhas? É só ficar de pernas pro ar sem fazer nada depois, exatamente o que a Júlia quer que eu faça.

Nossa, que água gostosa. Merece realmente um mergulho. Parece que lavou minha alma, nem serei mais a mesma depois desse mergulho salvador. Devia ter trazido o colchão de plástico, imagina que gostoso deitada aqui... Só com os braços no mar. Não quero mais sair daqui. Cadê o quiosque? Ah, tá ali, claro, ele não vai mudar de lugar, Ana. E a Júlia? Olhando pra mim, ótimo. Acenando pra eu voltar. Já serviram? Graças a Deus.

– Fala do meu biquíni, mas o seu também tá transparente.
– Meu biquíni é azul, Júlia, não tem nada de transparente nele.
– Você que pensa.
– Ué, e daí? Se você pode vir de biquíni transparente, também posso. Relaxa, amor, curte a natureza.

Ela não gostou da minha resposta. É tão fácil ser natureba quando é você quem incomoda, e não quando é a incomodada. Decidi, vou curtir mesmo esse acampamento, sem ficar me estressando com a Júlia. Se ela não me traía na cidade, aqui muito menos. Chega de insegurança, não foi assim que conquistei tudo na minha vida. A Júlia que vá à merda, se está querendo me incomodar. Ai, que camarão gostoso.

Demos algumas risadas. Estávamos lembrando histórias que passamos no começo do namoro, pessoas que conviviam conosco e hoje nem sabemos sequer se estão vivas. A vida passa, pra todo mundo. Algumas pessoas ficam e outras não. Quase deixei a Júlia descobrir que eu a traí no início do relacionamento. Ah, normal, né? Não sabia se seria ela mesma, a mulher com quem eu viveria, tinha que experimentar outras opções, ela deve ter feito isso também. Olha a cara de safada dela, fez, com certeza. Fui corna e daí? Ela também foi. E agora estamos aqui, nesse paraíso disfarçado de férias românticas. Cadê a mostarda?

Nos fartamos de peixe, camarão e areia. Voltamos pro acampamento e parece que o casal de cornos também já veio montar a barraca deles, azulzinha, que bonitinha! Mas cadê eles? Será que voltaram pra praia? Bom, a Júlia começou a montar a barraca. Disse que faria isso sozinha e está há muito tempo dizendo "Droga!". Se eu estivesse montando, já estaria pronta. Mas tudo bem, vou deixá-la se divertir.

– Quer ajuda?
– Não, procura a bomba do colchão.

Vamos lá, Ana, a bomba do colchão. Credo que carro quente, parece um forno. Quantos mosquitos! Isso, mosquitos, durmam no carro, eu deixo. Cadê essa bomba? Aposto que tá embaixo do banco. Nossa, quanta coisa embaixo do banco. O que é isso? Roupa embaixo do banco? Uma calcinha. Peraí, essa calcinha não é minha. Nunca vi a Júlia com essa calcinha. De quem é essa calcinha?

– De quem é isso?
– É minha.
– Claro Júlia, agora você usa calcinha fio dental e tá bem magra pra caber aqui dentro.
– Deixa eu ver.

Como assim deixa eu ver? A gente reconhece uma calcinha nossa de longe, não precisa pegar pra ver.

– Não sei, não é sua?
– Você tá brincando ou é pra eu te levar a sério?
– É sério.
– Júlia, essa calcinha não cabe em mim nem em você, e não é do tipo que se usa todo dia. Você usou nosso carro pra me trair?
– Claro que não, amor, jamais faria isso.
– Claro que não faria *de novo*, porque já deve ter feito.
– Você não acredita em mim? Não sei de quem é essa calcinha nem o que ela tava fazendo no carro, onde mesmo você encontrou?
– Embaixo do banco.
– Então, amor, você acha que se eu tivesse te traído, deixaria uma calcinha lá, pra você achar a qualquer momento?
– Claro que não, você apagaria as provas, não é mesmo?

– Amor, não é nada disso...
– De quem é essa calcinha, Júlia?
– Eu não sei, amor, não sei.
– Então tá bom. Ótimo.
– Aonde você vai?
– Já assistiu Cinderela?
– O que você tá pensando em fazer?
– Vou procurar a dona da calcinha, se não achar por aqui, não tem problema, procuro quando voltarmos.
– Você tá louca? Você não pode sair por aí com uma calcinha na mão.
– Vai pagar pra ver?
– Me devolve isso, vamos conversar.
– OK, vamos conversar, de quem é essa calcinha?
Ela ficou olhando pra minha cara e não me respondeu.
– Não vai dizer? Não é um diálogo? Não é uma conversa?
– Já disse que não sei de quem é. E isso não tem importância!
– Não tem importância? Acho uma calcinha embaixo do banco do nosso carro e não tem importância? O que tem importância então, Júlia?
– Meu amor, vai ver essa calcinha é da sua sobrinha.
– Você tá chamando minha sobrinha de puta? Ela é uma criança! E claro, minha sobrinha entraria no carro e esconderia uma calcinha embaixo do banco.
– Meu amor...
– Júlia, você me traiu com alguma piriguete, ela esqueceu a calcinha, você jogou embaixo do banco pra tirar depois e esqueceu. Por que você não confessa?
– Porque isso não aconteceu.
– Ah não? Então a história é melhor? Pode contar, tô louca pra ouvir.
– Não tem história Ana. Não sei de quem é essa calcinha nem o que ela tá fazendo aí.

– Ué, a calcinha não era sua?
– Não tinha visto direito.
– Júlia, pela última vez vou te perguntar numa boa: de quem é essa calcinha?
– Não sei.
– Espero que tenha uma Cinderela bem gostosa por aqui.

Coloquei a calcinha na bolsa de praia, saí andando a passos largos e gritei, deixando bem claro que não queria ser seguida. A Júlia sabia que eu ia voltar depois, mais ou menos nervosa, mas ia voltar, afinal como ia sair dali sem carro? Não sou do tipo que pede carona na estrada, acho que isso é coisa de filme da sessão da tarde.

Estava tão nervosa, com tanta vontade de matar a Júlia, que fiz a trilha de novo pra praia e nem senti. Parece até que demorei dois minutos pra chegar lá. Quando cheguei e já avistava o mar, vi aquele simpático casal de cornos voltando.

– Vocês precisam me ajudar!
– O que aconteceu? – perguntou a corna solidária.

Naquela pergunta vi que os dois eram uma ameaça. Eu estava

lá, e a Júlia estava no acampamento. Teria que grudar nos dois ou um dos dois grudaria na Júlia. Resolvi fazer uma cena.

— Achei uma calcinha dentro do carro, e a Júlia jura que não sabe de quem é. Acho isso ridículo, me traiu, assume, né? Cadê a mulher que bate no peito pra dizer que é fiel? Mas não vou deixar barato, não! Vou é pegar a primeira *piriguete* que aparecer na minha frente. Relaxa, você não tá incluída, nem você. Aliás, nem sei o nome de vocês.

— Sou a Raquel, e ele é o Gustavo.

— Ana, prazer. Então, vocês acreditam que ela disse que a calcinha foi parar no carro por mágica? Minha mulher agora tira coelhos da cartola e calcinha de mulheres, só não sabe fazer as coisas sumirem.

Não aguentei, caí no choro.

— Sabe, eu só queria um pouco mais de respeito, um pouco mais de fidelidade, poxa! É pedir demais? Que a pessoa que você ama, que diz que ama você, te respeite? Por que ela fez isso comigo? Mas OK, tudo bem, sou forte. Vou dar o troco.

— O que você vai fazer?

— Posso dormir na barraca de vocês hoje?

Claro que toparam. Eles nem parecem um casal, estão mais pra uma dupla de pilantras, sabe? Um casal de golpistas, não sei. Mas adoraram a ideia, com certeza estão maquinando uma bacanal. Pois sim, só se for com ela, porque com ele, sem chance. Ele é feio. E tem uns tiques estranhos, fica levantando o ombro. Até pra rir, olha. Parece que tem ombreira, tão fora de moda.

Fomos voltando e percebi que a raiva realmente move as pessoas, porque fui até a praia por aquela trilha cheia de raiva e não senti, mas a volta... A volta não deveria ser mais rápida? A volta é sempre mais rápida. Mais pareceu uma volta ao mundo, acho que era porque aquele Gustavo não parava de falar asneiras, parecia uma daquelas máquinas que usam no beisebol, que sai arremessando bolas. Uma máquina com defeitos, porque só dava bola fora.

A Raquel parecia estar com vergonha pelo corno dela. Sorria um sorriso nada contente, parecia obrigação, assim como eu estava dramatizando por obrigação. E como, provavelmente, o Gustavo estava sendo chato também por obrigação. Ótimo. Todos ali fingido por obrigação. Pelo menos eu não estava fingindo a felicidade, estava fingindo o contrário.

Acho horrível essa gente que finge estar feliz, credo.

Chegamos no acampamento e disfarçadamente, claro, procurei pela Júlia, que não estava. Pronto, fugiu com alguma Jane – pensei – e de cipó, porque o carro ficou aqui.

– Ué, cadê a Júlia? – perguntou o Gustavo.

Tá preocupado, meu bem? Vai procurar, você pode ser o Tarzan da vida dela, viverem juntos e felizes de galho em galho. Olha lá, ele tá indo procurá-la. Cuidado Julinha, o lobo mau está pela floresta, corre, se veste de vovozinha!

E aí? Deixo o Gustavo procurar a Júlia e fico aqui sozinha dentro da barraca ou deixo o Gustavo procurar a Júlia e vou conversar com a Raquel? Segunda opção, claro!

Nem cogito procurar a Júlia, porque sei que é isso que ela quer, e uma pessoa que surge com uma calcinha de outra mulher dentro do nosso carro não merece minha preocupação. Mesmo porque nunca achamos as coisas que estamos procurando. Não vou perder meu tempo.

Raquel enchia o colchão deles sozinha, coitadinha, toda atrapalhada. Vou oferecer ajuda. Assim já conversamos um pouco e papo vai, papo vem.

– Nunca fiquei com uma mulher, mas deve ser bem interessante. Morro de curiosidade.

– Olha, se eu não gostasse tanto daquela que está desaparecida no momento, teria o maior prazer em te mostrar como é.

– Ela é ciumenta?

– Não, mas não gostaria de ser traída, né? Ninguém gosta.

– É verdade, mas não seria uma traição se você conversasse com ela antes. Estamos só nós quatro nesse acampamento, qual é o problema? Ninguém vai saber.

Safada! Mas uma safada bem bonita. Mulheres bonitas podem ser safadas, podem ser o que quiser, porque pelo menos são bonitas. Acho que a beleza, às vezes, serve como um consolo.

Não respondi nada pra ela, o que poderia dizer? "Ah tá, então vem aqui." Por isso me mantive calada.

Não posso ser hipócrita, acabei de armar um circo porque a Júlia pode ter me traído (me traiu, com certeza, isso é um fato) e agora vou traí-la? Bem que ela merecia. E a Raquel parece ser uma Cinderela bem gostosa, do jeito que eu disse que ia procurar.

– Aquela foi a calcinha da discussão?
– Foi.
– A calcinha é minha.
– Oi?

Como assim a calcinha é dela? O que a calcinha dela estava fazendo dentro do meu carro? Qual é a responsabilidade da Júlia nisso? Por que a calcinha dela estava dentro do meu carro? Por que a calcinha dela estava dentro do meu carro? Por que a calcinha dela estava dentro do meu carro? Calma, Ana, pensa em outra pergunta ou pergunta logo.

– O que sua calcinha tava fazendo dentro do meu carro?
– Não sei, tô tão surpresa quanto você.
– Como assim não sabe? Suas calcinhas têm vida própria? Saem andando agora?
– Ana, realmente não sei o que minha calcinha estava fazendo dentro do carro de vocês, cadê o Gustavo?
– Cadê a Júlia?

Sou uma idiota. Sério. Não há outra explicação. O cornão tá por aí procurando a mais nova Jane. E eu aqui olhando pra uma calcinha em cima do meu carro, com a outra corna andando de um lado pro outro gritando pelo namorado dela.

Sou uma demente.

Polícia Federal o cacete. Onde eu escondi minha tarjinha preta?

5

6

Vamos lá, respira, Ana. Fica calma, não adianta nada ficar nervosa, você só vai deixar a menina mais nervosa ainda.

– Calma, Raquel, calma. Não tenho nenhum motivo pra te dizer isso nem você pra ficar calma, mas, por favor, fica calma, senão vamos ser duas histéricas aqui e isso não vai adiantar nada.

– Quero achar o Gustavo, só isso. Tô tentando ficar calma, mas não consigo. Cadê o Gustavo?

– Entra no carro.

– Quê?

– Entra no carro, vamos procurar os dois.

– Mas e se eles chegarem e a gente não estiver?

– O que tem? Por que a gente pode ficar desesperada por eles e eles não podem passar pelo mesmo? Não vamos demorar.

Entramos no carro e quando pegamos a estradinha de terra percebi que já estava escurecendo, porque tive que ligar o farol.

Farol baixo, médio, alto. Não tem ninguém por aqui. Farol alto.

Uma música? Musiquinha para distrair. Rádio? Rádio.

"Aonde foi, não quero estar de fora, aonde está você? Eu tive que ir embora mesmo querendo ficar..."

Impressionante como essas coisas acontecem. A gente liga o rádio e lá está ele tocando no talo justo o que a gente não precisa ouvir.

Mas quer saber? Vou deixar nessa estação mesmo.

– Você se incomoda em ouvir essa música?

– Acho que não tenho muita opção, né?

– Tem mais cinco opções de estação é só apertar os botões. Pode mudar se quiser.

– Não, essa tá boa.

Mulheres têm essa coisa meio indecifrável quando ainda são desconhecidas. Eu a conheci hoje, e ela acabou de fazer uma cara que eu gostaria muito de saber o que significa. Mas é assim mesmo. Só sei das caretas da Júlia, aquela que deveria estar ao meu lado e não está.

Mas OK, tenho o carnaval inteiro pra aprender a decifrar a Raquel e, dependendo da postura da Júlia, é isso mesmo que vou fazer durante todo o acampamento: conhecer um pouco mais a Raquel.

– Olha que loucura! Tem um barzinho ali, tinha esquecido.

– Nem sei onde a gente tá, mas podíamos parar aqui e tomar alguma coisa, o que você acha?

– Ué, você não quer procurar o Gustavo?

– Prefiro tomar uma cerveja, e você?

– Tô contigo.

Estacionei o carro e entramos no bar, era uma festa havaiana, tinham poucas pessoas, mas o clima estava animado, o ambiente, bem descontraído e a cerveja, superbarata. É, acho que Deus me deu um prêmio por eu ter passado todo aquele nervoso.

Sentamos e pedimos uma cerveja e um cardápio. Bons drinks, a Raquel já ficou mais animada. Ótimo. Me empolguei também. De repente estava tão envolvida na conversa que me esqueci da Júlia, do Gustavo, da calcinha, do acampamento. Parecia que o bar era apenas eu e a Raquel. Preciso beber mais, só ela fala e eu escuto. Uma caipirinha, duas caipirinhas, uma batida de vodca com morango, duas batidas, uma tequila, mais cervejas.

– Vi você tomando um remédio... O que era?
– Nossa! É verdade! Tomei remédio e tô bebendo!
– Sua maluca! E agora? Você tá sentindo alguma coisa?
– Não, o que era pra sentir?
– Não sei, o que você tá sentindo?
– Tô sentindo que tô bêbada.

Caímos na risada.

– Acho que vou experimentar ficar com mulheres.
– Boa ideia, Raquel! Quem sabe não fazemos um *ménage a trois*.
– Assim... eu, você e outra mulher?
– Ué, por que não?
– Mas não precisa de um homem pra ser *ménage*?
– Que eu saiba *ménage* é definido por três pessoas... quaisquer.

Cala a boca, Ana! Olha o que você tá falando, você tá bêbada e ela tão perto de você e esse lugar é o paraíso e essa música é ótima e é bom você se movimentar.

– Sabe o que eu acho? Que nós temos que saber o nível alcoólico em que estamos.
– Ué, por quê? E como a gente faz isso?
– Porque me deu vontade de saber quão bêbada eu tô, pra ver se posso usar a bebedeira como justificativa. Vamos fazer isso dançando.

Levantei e estendi a mão pra ela num gesto tão ridículo que ela riu, com certeza da minha cara, porque é impossível que essa mulher sinta algum tipo de vergonha.

É, Ana, você está realmente bêbada ou esse bar é giratório. Será que a Raquel também está cambaleando ou já estou vendo coisas?

Chega de *será*. Essa mulher assim tão perto de mim, falando. Falando. O que ela tá falando?

– ... e se eu fosse você iria para o carro comigo agora.

– Ah é? Pra quê?

– Pra gente conversar melhor, sem ninguém olhando pra gente.

– Pensei que você queria me levar embora.

– Até quero, mas não embora. Quero te levar aonde você sentir que quer ir.

– Acho que você mentiu pra mim o tempo todo, você tem jeito com as mulheres.

– É que quando quero algo, eu me esforço para aprender como chego lá.

Excelente resposta. E contra esse tipo de resposta não há argumentos. Essa resposta merece apenas um sorriso, como este que acabei de dar.

Está me puxando, devo ir? Devo. Estou sendo levada para um lugar aonde tenho certeza que quero ir. Meu carro. Ah, se esse carro falasse...

Chegamos no carro. Eu no banco do passageiro, ela no banco do motorista. Deitei o banco do carro e posso jurar que meu carro não tem teto, porque vejo tudo rodando. Ela está vindo pra cima de mim.

Tô sentido a mão dela na minha barriga. E a outra? Cadê a outra mão, cadeiruda? Você tinha duas mãos até a gente sair do bar, cadê sua outra mão? Ah, no meu rosto, claro. Acho que estou meio anestesiada.

– Nunca pensei que teria uma mulher nos braços, assim tão vulnerável.

– Nunca pensei que estaria tão vulnerável nos braços de uma mulher assim.

– Uma mulher assim como?

– Assim desse jeito que você é. Tão linda.

— Como se você fosse feia...
— Mas a bebida dá uma broxada.
— Em mim não e posso até me arriscar a aprender agora o que sempre tive curiosidade de saber.
— Nossa, você consegue me deixar sem palavras.
— Isso é bom?
— Não sei nem por que a gente tá falando ainda.

Ela tá se aproximando, meu Deus, ela tá se aproximando, a Júlia nunca teve essa atitude, a Júlia nunca teve nada, a Júlia... Meu Deus, a Júlia!

Antes que algo acontecesse, fui mais rápida.

— A gente não pode fazer isso, quer dizer, *eu* não posso fazer isso com a Júlia, vamos voltar pro acampamento.
— Sabia que você ia dizer isso.
— Tava me testando pra saber até onde eu iria?
— Não, realmente queria mais. E agora quero mais ainda, apesar desse relacionamento aberto com o Gu, sempre quis alguém fiel. Acho que tenho esse relacionamento com ele por insegurança. Me trai, te traio e tá tudo certo.
— Já passei por isso, mas qualquer hora você encontra alguém fiel. Nem que seja eu mesma, daqui a uns anos.

Ela saiu de cima de mim.

— Eu dirijo então, Ana.
— Você sabe dirigir?
— Claro! Quer ver minha carteira de motorista?
— Não, não. Pode dirigir, tô sem condições.
— Eu também. Mas vou bem devagar e não tem ninguém nessa estradinha.
— Então vamos.

Por um minuto fiquei dividida entre uma honestidade e uma perda. Não sei se fiz certo ou não, mas até que essa história da Júlia não esteja clara, não vou fazer nada. Também não sou vingativa, mas seria bom arrumar uma desculpa pra provar outros sabores dessa fruta.

Acho que estamos chegando, pelo menos era por aqui. Conheço aquele pedacinho de madeira. É chegamos. Olha, fizeram uma fogueira. Pera aí. Fizeram quem? Quem fez essa fogueira. Pera aí são eles ali? Miopia maldita!

– Raquel, são os dois ali?

– Acho que sim

– Fizeram uma fogueira e estão ali rindo e se divertindo?

– Isso.

– Cadê a garrafa de vodca? Tenho certeza que vim pro carro com ela na mão.

– Tá aí no seu pé.

– É, vim com uma garrafa de vodca. Quer uma dose de coragem?

– Com certeza.

Matamos o resto da garrafa e descemos do carro. Fomos nos apoiando uma na outra pra conseguir chegar até eles. E eles nos olharam com cara de reprovação. Acredita? Cara de reprovação! Não vejo uma dessas desde que falei pra um amigo da Júlia, na frente dela, que eu preferia passar um dia inteiro contando os pixels de uma tela do que ficar cinco minutos com a mãe dela.

– Ana, onde você estava?

– Como assim onde eu tava? Tava te procurando!

– Me procurando dentro de uma garrafa de vodca?

– Isso, procurei em cervejas, tequilas, caipirinhas e batidas, mas você não estava dentro de nenhuma delas, aí decidimos voltar e olha só vocês aí!

– Não tô achando graça.

– Eu tô, vocês parecem um casal de pais esperando pelas filhas adolescentes.

– Você tá bêbada, por que você fez isso?

– Olha aqui, dona Júlia, a senhora não venha mudar o assunto. Isso só aconteceu porque você sumiu! A pergunta aqui é: onde *você* estava?

– Não vou conversar com você neste estado.

– Ah, precisa de um tempo pra arrumar uma resposta convincente? Por quê? Não teve tempo de pensar antes? Tava muito ocupada com o papaizinho aí?
– Você não sabe o que tá falando. Não vou perder meu tempo dando explicações pra uma bêbada.

Aquilo já era demais pra mim. Ela começou errado e se aproveitou da minha bebedeira pra inverter a situação, mas tudo bem. Fui andando em direção à barraca com ela atrás de mim, sem cansar de repetir que eu estava bêbada. Abri o zíper da barraca sentei no colchão e, enquanto a Júlia falava, procurei a Raquel, mas ela já tinha ido dormir na barraca dela, enquanto o Gustavo continuou na frente da fogueira, achando graça da gente. Corno, corno, corno.

– CORNOOOOOOO!

Mal gritei e a Júlia já começou:
– Você tá louca? Para de gritar!
– Só tô dizendo que ele é corno.
– Por que ele é corno? O que você fez com a Raquel?
– O que você acha?
– Quero que você me diga.
– Não fiz nada, Júlia, não fiz nada porque sou uma trouxa, retardada, que ama e se preocupa com você mesmo quando não deveria. Mas devia ter feito.
– Você tava bebendo com ela desde que horas?
– Júlia, vou respeitar sua vontade. Você não vai conversar com uma bêbada, porque a bêbada vai dormir. Boa noite!

Deitei e dormi. Nem sei se a Júlia tentou me acordar, depois que deitei, não me lembro de mais nada.

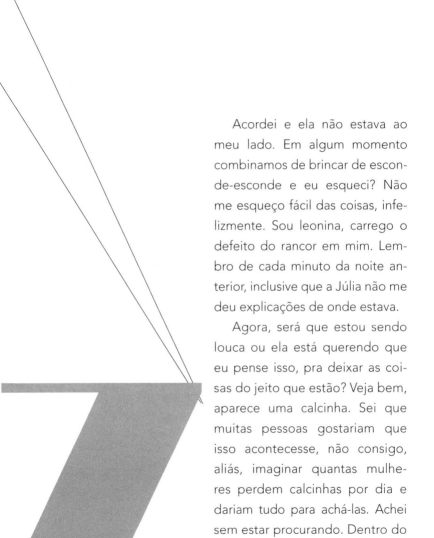

Acordei e ela não estava ao meu lado. Em algum momento combinamos de brincar de esconde-esconde e eu esqueci? Não me esqueço fácil das coisas, infelizmente. Sou leonina, carrego o defeito do rancor em mim. Lembro de cada minuto da noite anterior, inclusive que a Júlia não me deu explicações de onde estava.

Agora, será que estou sendo louca ou ela está querendo que eu pense isso, pra deixar as coisas do jeito que estão? Veja bem, aparece uma calcinha. Sei que muitas pessoas gostariam que isso acontecesse, não consigo, aliás, imaginar quantas mulheres perdem calcinhas por dia e dariam tudo para achá-las. Achei sem estar procurando. Dentro do nosso carro, um lugar completamente absurdo, já que lugar de calcinha é na gaveta, no armário, no corpo ou no máximo no chão do quarto.

Aquela calcinha não é minha nem dela. A calcinha é da Raquel, uma moça que conhecemos ontem que está acampando com o namorado no mesmo camping que nós.

Se calcinha não anda sozinha, o que estava fazendo lá dentro? Se a dona da calcinha não sabe, a única pessoa que pode saber é o Gustavo, namorado da dona da calcinha.

Sim, porque se uma calcinha aparece dentro do carro de duas pessoas e pertence a uma terceira que não entrou naquele carro, nem sabe como foi parar lá, então é porque somente a quarta pessoa tem uma explicação. Ou estou sendo enganada por todo mundo.

Acho a última opção mais provável. E se for isso mesmo, mereço, pelo menos, ver o caimento da calcinha na dona.

Ana, você precisa reagir e descobrir o que está acontecendo.

Meu Deus, que sol! Preciso tomar um banho. Preciso realmente de um banho, onde ficava mesmo aquele chuveiro que eu tinha visto? Ah, é ali no cantinho.

Não vou nem pensar em água quente, quem vai pensar nisso com esse sol? A água já deve estar quentíssima, porque desse cano só sai água que deveria estar gelada. Ahhhh, água! Purificante natural. Impressionante como a água, elemento básico para a sobrevivência do ser humano, consegue atender tantas necessidades. Acredito sim, que a água, além de matar a sede, mata as energias ruins, as impurezas do dia a dia. Enquanto essa água escorre por mim e tô olhando para um camping com duas barracas sem movimento, fico pensando.

A gente demora mesmo pra tomar o gosto pelo banho. Crianças odeiam tomar banho, mas depois que a gente cresce e passa a fazer isso por necessidade, parece que essa necessidade se torna um vício, quando na verdade, tinha que ser apenas um hábito. É, vou usar essa ideia numa próxima campanha que tenha algo a ver com isso.

Tomar banho de biquíni... Me sinto num reality show. Será que tem câmera por aqui? Não é possível que o dono deste camping alugue por esse precinho furreca, sem qualquer distração gratuita. Será que tem alguém me vendo? Acho melhor terminar logo esse banho.

Mal saí do chuveiro e já estou seca, não posso nem imaginar como é no deserto. As pessoas passeando de abada naquele calor de quarenta graus. Eu aqui, nesse de trinta e cinco, de biquíni já me sinto de cobertor.

Olha a Júlia vindo aí. Quem achou que ela não vinha? Fomos então surpreendidos novamente.

– A gente precisa conversar, Júlia

– Já tá mais sóbria?

– Infelizmente. Então, combinamos de brincar de esconde-esconde? Acordei e você não estava na barraca.

– Não, meu amor, fui pagar a conta de vocês no bar.

– Como assim?

– Fui lá no bar pedir uns copos descartáveis pelos quais, por acaso, você era a responsável e esqueceu. E o pessoal do bar, olha só que coisa, estava xingando uma dupla de mulheres que beberam todas ontem à noite e saíram sem pagar.

– E você pagou?

– Paguei, né.

– Que linda!

– O que eu não faço por você, né, amor?

– É mesmo, mas esse seu súbito gesto de gentileza não me faz esquecer que você sumiu ontem e não me disse onde estava.

A Júlia riu e saiu andando em direção à fogueira. Fiquei sem entender. Ela riu pra mim ou de mim? E esse bom humor matinal? Não que ela não seja bem-humorada, mas... Tá muito estranho. Fui atrás dela.

– Por que você riu?

– Vem, me ajuda a acender a fogueira, vou fazer um café.

– Tá, mas por que você riu?

– Ri porque estava fazendo aquilo que nós combinamos de fazer: pescando.

– Não, você tá rindo da minha cara, jurando que vou acreditar nisso.

– Ana, assim que tomarmos o café, posso te levar lá se você não acredita em mim, tem uma trilha pra chegar lá.

– Sei, e você tava pescando com o Gustavo?

– Não, por quê?

– Ele foi te procurar e quando chegamos vocês estavam conversando em frente à fogueira.

– Bom, se me procurou, não me achou. Quando voltei para o acampamento, ele tava na barraca dele dormindo, depois acordou e me fez companhia.

Será que acredito nisso ou continuo desconfiando? Bom, ficar com uma pulga atrás da orelha nunca é bom e ainda estamos no segundo dia. Ou acredito e deixo tudo pra lá ou não acredito e esqueço.

Esquecer não tem como, é mais fácil deixar pra lá. OK, então vou acreditar e deixar pra lá. Mas que fique claro que meu sexto sentido não está aceitando isso.

– Mas você – disse Júlia séria –, o que você fez com a Raquel ontem?

– Nada, saímos para beber e depois voltamos.

– Conversei com ela hoje cedo, ela já estava acordada, de ressaca.

– Ah, que interessante. E sobre o que vocês conversaram?

– Sobre a noite de ontem. Ela disse que eu deveria me sentir muito feliz de ter alguém como você do meu lado. Te conheço, amor, acredito em você, sei que você e ela não tiveram nada, mas fiquei bem enciumada.

Depois eu que sou a ciumenta. Sou mesmo, mas somos diferentes no modo de expor. Sou escandalosa, armo barraco, a Júlia guarda pra ela. Isso é um dom, né? Guardar as coisas para si quando na verdade você quer mais é botar pra fora. É como querer estrangular alguém, mas na hora H apenas sorrir.

É impressionante como alguém consegue ter tantos dons dentro de si. Além da paciência, ela sabe como lidar comigo, me agradar e, principalmente, me acalmar. Acho que muitas ex-namoradas gostariam de ter aprendido isso. Bom, se um dia a Júlia quiser deixar a redação, ela pode escrever um livro e dar palestras sobre como exercer a paciência no casamento. Já vejo até o título do livro: "Não grite, converse".

Pelo menos tenho certeza de que este é o primeiro mandamento dela. Será que ela é tão boa chefe quanto mulher? Nunca soube o que as pessoas do trabalho dela realmente pensam dela. Claro que já saímos diversas vezes, mas eles sabem que somos casadas, então obviamente jamais diriam alguma coisa ruim sobre ela na minha frente. Bando de falsos.

Por isso adoro meu pessoal. Dou liberdade para dizerem o que pensam, é supernatural passar pela sala de reunião interna e ouvir "Essa merda tá horrível, vejo isso e tenho vontade de vomitar". Mas é assim que se entendem, e acho que isso deveria ser liberado em todos os ambientes de trabalho. Permitir dentro da empresa o vocabulário mais chulo para se referir apenas ao trabalho. Ofensas pessoais, claro, são proibidas lá. Apesar de eu já ter ouvido um ou outro xingo por lá, mas no banheiro, a dois. Respeito é bom, né? Eles que se resolvam.

Tomamos o café surpreendentemente gostoso da Júlia. Ela é uma ótima cozinheira, mas nunca levou jeito para café, lá em casa quem faz sempre sou eu. Mas ambas adoramos o sabor, o aroma, já fomos em várias palestras, cursos a respeito de café e descobrimos que a maioria do café comercializado no Brasil, não é, nem de longe, o mais puro café. Que coisa não? Logo nosso país que era o maior exportador de café. Teve até novela sobre isso.

Acho que o Brasil funciona de um jeito curioso. Nos esforçamos para sermos os melhores em alguma coisa e, quando alcançamos esse posto, deixamos aquilo de lado e vamos atrás de outra coisa. Isso seria ótimo se, para ir atrás de outra coisa, não abandonássemos a anterior.

Depois do café, decidimos pescar. Realmente havia uma trilha até chegar ao local de pesca, mas era tranquila, diferente daquelas pelas quais já passamos, horrorosas e que nunca acabavam. Acho que muitas pessoas já passaram por ali. E duvido que casais tenham vindo aqui apenas para pescar. Com essa paisagem paradisíaca, ninguém vem só pescar. Deixa a vara e logo vai se entreter com outra coisa. Talvez a Júlia queira fazer o mesmo, mas é muito discreta, certas horas odeio essa *qualidade* dela, que varia de acordo com a situação. Hoje, por exemplo, aqui e agora, é um puta defeito.

– Ju... Amor...

– Oi?

– Deixa a vara de lado, vem aqui deitar comigo.

– Já vou, amor, só deixa eu pelo menos arrumar tudo aqui, pra gente ficar de olho.

– Não quero ficar de olho na vara.

– Engraçadinha.

Sempre odiei trocadilhos lésbicos, mas um tempo atrás comecei a soltar uns sem querer. E tive que me acostumar ao meu próprio jeito irritante. Luto constantemente contra isso, mas odeio perder oportunidades.

Ela veio e deitou ao meu lado, daquele jeito dela de deitar que parece que não descansa há um ano. A Júlia não deita, se joga, parece um saco de batatas caindo no chão, mas tudo bem, já estou acostumada a isso. Vê-la deitando com delicadeza certamente me causaria uma profunda estranheza, além de um repúdio muito grande. Odeio me adaptar a novidades. Gosto dela assim, ela que se preserve assim.

Ficamos abraçadas olhando pro céu, que parecia um quadro.

– Às vezes vejo certo quadros com o céu pintado e penso: onde será que esses pintores veem esse céu que eu não vejo? Achei pelo menos um, aqui.

– Ana, tem muita coisa que você pensa que não existe, mas existe. Muitas coisas não são o que parecem, e outras são, ou não são, mas poderiam ser.

– Como assim, poderiam ser?

– Ah, não sei, falei por falar.

– Júlia, você não dá ponto sem nó, te conheço muito bem e a recíproca é verdadeira. Mesmo sabendo que odeio indiretas, você tá fazendo isso.

– Às vezes acho que te faço infeliz.

Começou o circo.

– Por que você acha isso?

– Porque hoje, mais cedo, conversando com a Raquel, ela falou que eu deveria me sentir feliz e blá-blá-blá e ressaltou qualidades suas que você realmente tem. E que me encantaram quando nos conhecemos, mas que hoje não vejo mais.

– Por exemplo?

– Você dançar.

– Júlia...

– Ana, escuta. Acho que nosso relacionamento está desgastado. Sei que a gente dançava muito antigamente, mas hoje em dia, o que a gente faz junto além de brigar? Nem transar com tanta frequência a gente transa. Sei que cinquenta por cento da culpa é minha e quero saber o que está acontecendo com você pra gente poder arrumar, não sei...

– Meu amor, não tem nada acontecendo, só o trabalho, as coisas, as pessoas. Não sei, Júlia, as coisas não são mais tão fáceis como antigamente. Antes era tudo lindo, maravilhoso, intenso. Hoje é mesmice, a gente já se conhece muito bem, nos poupamos de arrumar brigas, apesar de tudo o que aconteceu desde que chegamos. Mas não sei, amor... Parece que apesar de nos amarmos, o fogo apagou.

– É, sinto a mesma coisa, mas não quero isso. Quero que volte a ser como a gente era.

– Olha, amor, a gente não pode ser como antes, mas podemos melhorar o que somos agora.

– Que saudade de quando ríamos na cara das pessoas que perguntavam se a gente já tinha tido uma crise no relacionamento.

– Amor, o tempo passa pra todo mundo e pra nós não seria diferente. Mas, aproveitando esse assunto de crise e sobre o que aconteceu no dia anterior: aquela calcinha...

– Ah, não, amor, pelo amor de Deus, já disse que não sei de quem é aquela calcinha nem como ela foi parar lá.

– Calma, deixa eu falar. Aquela calcinha é da Raquel.

– Como assim da Raquel?!

A Júlia ficou transfigurada. Mudou sua feição de um jeito repentino e aterrorizante, parecia uma cara de medo. Expliquei que eu havia conversado com a Raquel e que nem ela mesma sabia como a calcinha tinha aparecido lá.

A única resposta provável era o Gustavo, que armou alguma coisa. E tínhamos que perguntar pra ele por que tinha feito aquilo. Queria que brigássemos pra quê? Pra Júlia ficar com ele?

Depois de expor essas dúvidas, a Júlia mudou de assunto e foi ver se havíamos fisgado alguma coisa. Nada. Nem um peixe, nem uma bota, nem nada.

Prêmio de consolação? Pensei que haveria algum, já toda animada. O que ela fez? Juntou tudo olhou pra mim e disse:

– Vamos voltar pro acampamento?

Qual é a dela? Ela tá de brincadeira comigo? Por que essa mudança brusca, por que vir aqui pra ter essa conversa? Isso tá muito estranho.

– Júlia, o que houve?

– O que houve o quê? Não pescamos nada.

– Não tô falando de peixe ou até tô... Talvez de um peixe-espada comendo uma piranha.

– Opa, pera aí, que ninguém comeu ninguém.

– Mas tentou?

Júlia ficou olhando pra mim em silêncio. Por que esse silêncio, por que ela tá me olhando com essa cara? Tá esperando minha reação e se não respondeu é porque a resposta é sim, ela tá esperando minha explosão. Meu Deus, que filha da puta!

– VOCÊ ME TRAIU COM AQUELE CORNO!

– Amor, eu não traí você, foi só um beijo, ele me agarrou e...

– Vai tomar no cu, Júlia! Nossa, como eu queria afogar você nesse rio agora! Enfiar essa vara em você... Ah não, mas aí você ia adorar, não é mesmo?

– Eu não queria, foi só um beijo. Não significou nada.

– Ah é? E que horas foi isso? Quando saí pra procurar vocês e estavam superfelizes ali, brincando de fazer fogueira?

– Foi.

– Foi?! Você é muito cara de pau, Júlia! E que ódio que seu nome é só esse. Queria que você tivesse um nome enorme pra eu poder falar agora.

– Meu amor, achei que você estava me traindo com a Raquel.

– Chega dos seus achismos! Chega, tô cansada de você achando que me conhece e errando feio, Júlia! Por isso você correu pra vara de pescar quando falei que tinha sido ele o responsável pela calcinha. Ele te falou que foi ele quem colocou lá, né?

– Falou, ele queria que a gente brigasse pra eu ficar com ele.

– E deu certo, né, Júlia? Esse cara é um gênio. É por isso que ele tava rindo da minha cara ontem à noite. Porque sou a corna da vez. Obrigada, Júlia, por este novo rótulo.

Fui andando na frente dela, que saiu correndo atrás de mim pela trilha. Que ódio, ódio! Ela me traiu. Foi só deixá-la sozinha, longe da minha vista, que foi lá e me traiu. Eu, que tava lá com a oportunidade, não fiz isso por causa dela. Ana, você é uma trouxa, você é uma imbecil, você nasceu pra se foder. É por isso, claro que é por isso, que ela tava toda bem-humorada... Com um sorriso de orelha a orelha. Porque ficou com o cornão e achou que eu não ia descobrir, achou que não teria que contar.

Errou feio, meu bem, sinto cheiro de traição de longe. Sabia! Eu sabia que tava tudo muito estranho, mas decidi acreditar. Acreditei mesmo com meu sexto sentido dizendo "Não, Ana, não acredita!".

Idiota, Ana, você é a palhaçona deste circo, é aquela por quem as pessoas compram o bilhete, é aquela de que todo mundo ri. Você é a atração do circo. Palhaça. QUE ÓDIO DA JÚLIA.

Tô ouvindo ela gritar pra eu parar. Ela acha mesmo que vou fazer qualquer coisa que ela peça agora? E a Raquel será que sabe disso? Claro que deve saber porque eles são sinceros um com o outro, contam tudo, só não vale se apaixonar. É, otária, a Raquel já deve estar sabendo a essa hora e não deve ter achado nada de mais. Ponto pra você palhaça, que é idiota duas vezes. Uma, porque sua mulher te trai, e a outra, porque a corna é mansa, não liga e até acha legal. Parabéns, Ana! Você vai levar o troféu de fodida do camping. E o pior é que nem fui fodida em outro sentido. O troféu "Fodida Intocada" vai para Ana, a otária do camping!

Isso vai ter volta. Ah, vai. A Júlia que me aguarde. E que se prepare.

Estas são as piores férias da minha vida. Sei que é desnecessário dizer isso, mas é só pra constar.

Cadê? Cadê as pessoas deste acampamento? A Júlia tá vindo, ela vai tentar impedir você de fazer alguma coisa. O que você vai fazer? Ana! O que você está fazendo?

O cornão tá ali, sorrindo. Ele já sabe que vem um barraco pela frente. Então ele vai ver o que é um barraco pegando fogo!

Fui direto na barraca dele e a Raquel estava lá, abri a barraca.

– Oi, meu amor, tudo bem?

– Tudo, o que foi? Você já tá sabendo? O Gustavo acabou de me contar...

– Tá tudo bem, linda, só sai daí um minuto?

Dei a mão para ela e ela saiu.

– Tem alguma coisa importante sua dentro da barraca?

— Não, tá tudo na mochila no carro. Só tem uma blusa minha aí dentro.

— Então, pega.

Raquel pegou a blusa e saiu da barraca. Sempre soube que não conseguir me livrar do vício do cigarro seria bom para mim um dia. Fumantes sempre têm fogo. Cadê meu isqueiro?

Pronto, agora a gente acende e *voilá*! A mágica do fogo.

Botei fogo na barraca deles.

— Não se preocupa, você pode dormir comigo na minha barraca.

— Não estou preocupada, tô até achando graça. Qualquer coisa durmo no carro.

— Que ótimo, então vem aqui.

Peguei a mão dela e fui em direção minha barraca. Enquanto isso, o Gustavo tentava apagar o fogo da barraca dele e a Júlia ajudava, gritando que eu era louca.

Entramos na minha barraca e antes que a fechasse, gritei:

— Se vocês quiserem ficar juntos para sempre esta é uma ótima oportunidade de se livrarem da gente, pagando na mesma moeda.

Raquel deu risada.

— Meu Deus, você é maluca, mas adorei sua atitude.

— Não sou maluca, só tenho reações um pouco exageradas. Costumo me arrepender depois, mas dessa vez tenho certeza que vou me orgulhar em contar a história pros meus filhos, quando eu tiver... Olha, Raquel, ia pedir pra você gemer, fingir que estamos transando. Mas por que fingir se realmente podemos dar uns amassos, né?

Raquel sorriu e prontamente me agarrou. Que beijo doce. Lembrei da música até. Me senti num filme de ação, beijando a mocinha enquanto o caos acontece lá fora. Numa cena comum, eu sendo o mocinho, no caso, a beijaria e sairia para salvar alguém lá fora. Mas como não tem ninguém lá que mereça ou precise ser salvo, vou mais é aproveitar.

Ela me beija com tanto desejo que isso deu até um fôlego na minha autoestima que andava um pouco caidinha, por falta de empenho da Júlia.

Resumindo: transamos.

Nos vestimos, saímos da barraca e lá estava o cornão *el fodedor* olhando pra barraca queimada dele com as mãos na cabeça, e a Júlia aqui parada de braços cruzados, olhando pra minha cara.

– Antes que você pergunte, foi muito bom pra mim, Júlia. Foi bom pra você, Raquel?

– Inesquecível e deixou aquele gostinho de quero mais.

A Júlia está realmente nervosa e com cara de que vai fazer alguma coisa, olha ela avançando feito um cão bravo pra cima da Raquel. Separei, claro.

– Júlia, eu parti pra cima do Gustavo?

– Você colocou fogo na barraca dele! Onde eles vão dormir agora?

– Eles? Olha, vocês, eu não sei, mas eu e a Raquel vamos dormir aqui na minha barraca.

– Quê?! Você tá ficando louca? Você não vai dormir com ela na nossa barraca! E você pensa que me engana. Sei muito bem que vocês estavam fingindo.

– Meu amor, se você quiser fazer um exame em mim, vai ver que realmente transamos e que foi ótimo. O corpo não mente, você deveria saber disso. E qual é o problema de ela dormir comigo? Não rolou uma troca de casais?

– Você transou com ela, Ana!

– Isso é uma pergunta? Se for, eu transei, mas se você estiver afirmando, tá coberta de razão.

– Você não pode ter feito isso comigo!

– E por que não, Júlia? Você ficou com o Gustavo, por que eu não posso ficar com a Raquel?

– Foi só um beijo, não foi uma transa.

Ele gritou de lá.

– Foi mais ou menos, né, Julinha?

– Cala a boca você que a conversa não chegou aí.

– Ah, mas chegou sim – gritei – pode vir aqui. Vamos os quatro resolver isso agora, se é que tem algo a ser resolvido.

A Raquel, que já estava do meu lado, permaneceu, e o cornão veio chegando e ficou ao lado da Júlia. Dois casais.

– E aí vocês transaram ou não? – perguntei.

– Mais ou menos.

– Mais ou menos, não, a gente não transou. Ana, a gente não transou.

– Na hora H ela não quis. Por isso disse mais ou menos. O ato em si não aconteceu.

– Foi isso, Júlia? – perguntei lívida.

– Foi. E vocês? Transaram ou não?

– Transamos – respondi.

– E foi muito bom – ressaltou a Raquel.

– Meu amor, não acredito que você transou com uma mulher e gostou! Pensei que você me amasse – choramingou o Gustavo.

– Gustavo, não aguento mais esse nosso relacionamento aberto.

– Pronto – tomei a palavra –, tudo esclarecido e tudo certo. Acho que agora os respectivos casais devem voltar às suas barracas e se arrumar para irem felizes para a praia.

Neste momento, a Júlia me atacou. Me encheu de tapa, puxou meu cabelo, me jogou no chão e chorando continuou me batendo. A Raquel e o Gustavo tiraram ela de cima de mim. Levantei e me limpei meio tonta.

– Júlia, é bom que você saiba que essa foi sua última palavra.

– Por que você fez isso comigo? Por quê?

Tem algo de errado comigo, estou tonta e... meu nariz está sangrando? Tá sangrando. Tô sentindo algo escorrendo e a cara da Júlia de pânico e alguém me pegando pelas costas. Acho que vou desmaiar.

Não, aqui não é o céu, definitivamente não morri. Acordar e dar de cara com a Júlia, considerando tudo o que bem me lembro que tinha acontecido, não é o que mereço. Estou no colo dela, que não para de gritar "Ela acordou!".

Calma, tá tudo bem. Minha cabeça dói, meu corpo formiga e tudo está girando.

– Essa merda desse sol quente horroroso. Eu desmaiei?

– Ana, você tá bem? Como você tá se sentindo? Você desmaiou, fala comigo.

– Cala a boca, Júlia. Se é pra acordar com você tagarelando no meu ouvido, prefiro ficar desmaiada.

– Tô preocupada com você!

– Ah tá, me espanca e fica preocupada? Será que os lutadores de boxe, vale-tudo e coisas assim também ficam preocupados com os caras que eles quebram inteiros?

– Você já tá ótima, tá dando patada.

– Tô bem, vou pra sombra. Eu tô bem. Não quero ninguém perto de mim, quero ficar sozinha, na sombra.

Uma árvore, por favor! Esse maldito lugar com esse maldito sol, esse meu maldito nariz. Ana, você não é uma pessoa de sorte. A trilha! A trilha cheia de árvores. Isso.

Finalmente uma árvore. Deitei. Ai que gostoso. Ventinho gostoso. Pausa pra pensar.

Eu não devia estar passando por isso, pelo menos não procurei. Acredito na máxima que diz "Atraímos o que emanamos" e, apesar de ter emanado muita contrariedade, não procurei por esses socos e tapas. Perdeu-se o respeito. Tudo bem, não desmaiei porque a louca da Júlia me bateu, desmaiei por causa desse sol forte, desse calor horroroso. Mas, meu Deus! Como pode? Quando eu era criança, meu pai assistia lutas e lembro que, em vez de sair da sala, ficava falando com ele, tentando distraí-lo daquilo, tentando convencer de que eu era melhor que aquela pancadaria toda. Geralmente ele ficava bravo comigo e minha mãe logo me pedia pra sair dali, pra ele assistir a luta em paz. Como pode alguém assistir, em paz, a uma luta? Como posso ser menos interessante que dois caras brigando? Por que não consigo convencer as pessoas de que é bom estar comigo mesmo quando não estou nos melhores dias? E que fique claro, mesmo nos piores dias, dou o melhor de mim e, isso sim, é uma luta interna constante. É difícil doar coisas boas às pessoas quando só têm coisas ruins dentro de si. Você procura incansavelmente aquilo que te faz bem, ali, escondido dentro de você e dá pra outra pessoa, em vez de se agarrar aquilo e tentar melhorar o estado em que se encontra.

Não sei por que, mas cresci com isso na cabeça. Sou menos interessante que qualquer outro motivo, simplesmente porque nunca consigo ser um bom motivo. Não me fiz assim, não aprendi a ser um bom motivo pra ninguém. Como devo mudar agora?

Um dia eu e a Júlia tivemos uma briga e ela me disse que eu não a amava, que apenas gostava da ideia de amá-la. Porra! Falei pra ela que era justamente o contrário, que a amava e odiava essa ideia, porque eu ficava sempre vulnerável. Oito anos não são oito dias nem oito meses: são oito anos. Se você não ama alguém como fica com essa pessoa durante tanto tempo? Gosto da ideia de estabilidade? Não! Se pudesse não seria casada, não amaria a Júlia, mas eu amo!

Amo o jeito como ela passa a mão nos cabelos quando conversa comigo. Amo quando ela sabe o que estou pensando e logo revela aquele sorrisinho malicioso de "Estou te sacando" e ri aquela risada gostosa, aquele som que amo ouvir. Amo quando ela percebe que está atrasada – quase sempre – e fica toda perdida, sem saber o que fazer, mas sempre sorri e me dá um beijo de tchau com calma.

Amo o jeito como me observa às vezes, amo a paciência que tem em me explicar coisas que não entendo. Amo o jeito decidido de sempre dar um jeitinho em tudo. Amo cada coisa que ela faz, cada palavra que diz. Não é justo que eu ame tanto uma pessoa que me trai assim que fica sozinha com alguém.

Se pudesse voltar atrás não teria feito nada diferente, mas será que ela mudaria alguma coisa?

Lembro-me perfeitamente do dia em que nos conhecemos. Tínhamos uma amiga em comum e essa amiga marcou de irmos as três juntas a um show. Era para realmente termos ido juntas, mas tive um problema de última hora e fui depois. Encontrei as duas numa conversa amistosa. Quando cheguei perto abracei minha amiga Carolina e ela fez as apresentações "Ana essa é a Júlia, Júlia essa é a Ana", nos cumprimentamos com um "Oi" envergonhado e um beijo no rosto, mas no primeiro toque eu já sabia que pertenceria a ela – mal sabia que ela jamais me pertenceria – seguimos em direção ao palco, passando por várias pessoas, queríamos ficar perto do palco, assistir bem ao show, mas assisti mais à Júlia do que o artista que se esgoelava lá em cima. Ela diz também que se apaixonou por mim no momento que me viu, mas vai saber né, ela também jurou que não tinha feito nada com o Gustavo e aqui estamos. Pois bem, saímos do show e fomos encontrar alguns amigos meus e da Carol num barzinho próximo. Eu e a Júlia sentamos lado a lado e conversamos muito e sobre tudo. Deixamos ali de ser mulheres porque nos entregamos, entregamos nossos sonhos, desejos, segredos. Falamos, falamos muito, falamos pelos cotovelos e voltamos a ser mulheres. Mulheres interessantes e interessadas. Fomos embora e eu mal podia esperar para encontrá-la novamente. Marcamos de nos ver dois dias depois, iríamos a um barzinho, apenas nós duas, conversar e beber.

Nos entregamos novamente. Rimos bastante, descobrimos mais coisas em comum, conseguimos ser felizes como duas estranhas.

Até que começou a dar um calor na gente, não sei se era porque estávamos no verão, se porque tínhamos bebido demais ou se era porque estávamos com a libido à flor da pele. Diante de tantos motivos para um fogo só, decidimos dar uma volta na praia. Fomos andando pela beira do mar, conversando e rindo. Comecei a falar sobre signos e de repente ela parou de andar e disse:

– Ei, você tem alguma coisa contra meu signo?

Ri sem graça e ela veio se aproximando com aquele jeito manso, apaixonante, que repetiria mais vezes depois, perguntando "O que você tem contra meu signo?". Ela me pegou pela cintura, veio chegando e me beijou.

Um beijo calmo, terno, delicado, explorando toda minha boca que mais tarde revelaria declarações apaixonadas, me beijou descobrindo meus segredos – e me contando depois – me beijou sentindo o gosto da alma, tocando cada trecho em mim vazio ou preenchido, dizendo, naquele beijo, que eu jamais viveria sem ela.

Depois do beijo, sorri e disse:

– Me mostra mais sobre as piscianas.

Peixes é o signo da rede. Simbolicamente todo peixe cai numa rede, é fisgado por um anzol, mas na astrologia é diferente, nós somos fisgadas por essas peixinhas e entramos na rede de bom grado, sem conseguir sair depois.

A Júlia me desvendou e me revelou coisas sobre mim que eu mesma desconhecia. Ela poderia fazer um ensaio sobre mim, um livro, um filme, um manual. E saber lidar comigo tão bem é uma coisa que me enlouquece, porque todo mundo erra. E ela não é diferente. É tão lindo relembrar o passado, pensar que vivemos momentos felizes, que um dia juramos nos amar olhando nos olhos da outra. Hoje, acho que meu amor por ela mudou de lugar, está apenas nos meus olhos e quando olho pra ela vejo dois olhos negros que nada me dizem, que nada revelam sobre aquela por quem me apaixonei. Quero, juro que quero, mais do que tudo, poder encontrar ali a antiga Júlia, que faz minhas pernas ficarem bambas, meu coração disparar e minha boca dizer besteiras. Preciso de um sentimento ao qual me apegar pra tentar provar que ainda não acabou, que ainda resta uma esperança, mesmo que míope. Que esteja lá, perto ou longe, tanto faz, contanto que dê para pegar.

Júlia, o que você fez comigo?

Ela vem se aproximando, vai sentar na minha frente. Suspirou, Meu Deus, que medo do que ela vai dizer:

— Passei dos limites.

— ...

— Me desculpa, você sabe que não sou assim, sempre fui muito paciente, mas não sei o que aconteceu comigo. Quis bater na Raquel, bati em você. Me desculpa.

— Tudo bem, Júlia, tudo bem.

— Sei que quando você fica calma assim é porque está muito

irritada ou porque andou pensando demais. Acho que andou pensando demais, né?

– Tava aqui pensando em quando nos conhecemos, no que eu senti, no que sinto.

– E chegou a alguma conclusão?

– Júlia, não procurei por conclusões, só estava recordando bons momentos.

– Tô com a consciência pesada, jamais deveria ter partido pra cima de você. Esqueci o respeito.

– Você não esqueceu o respeito, você o perdeu em algum canto desse camping.

– Meu amor, me perdoa.

– Tá tudo bem, Júlia, sério. Só acho que precisamos nos resolver e pra isso precisamos ser francas. Um pouco de sinceridade não faz mal, ainda mais nessa hora.

– É, também acho.

Estou apavorada. Ela está com aquele ar sério, suspirando constantemente, isso não é bom. Tudo o que eu queria agora era abraçá-la, parar de segurar minha vontade de chorar e implorar a ela que não me deixe, que não acabe com o que temos porque eu a amo com cada pedaço que há em mim. Mas sou muito orgulhosa pra fazer isso. Portanto, vou ficar aqui cagada de medo, esperando o que ela tem pra me dizer.

– Esfriamos, né? Isso é um fato, Ana, a gente não é como antigamente e eu queria muito que a gente fosse, mas acho que minha reação de hoje mostrou o quanto venho guardando, calada. O quanto você, eu e nossa relação me machucam.

– Machucam por quê?

– Porque eu queria viver uma coisa que já não existe mais, que ficou lá atrás, no passado. Nós não somos mais as mesmas e queria muito que voltássemos a ser porque eu te amo, mas não sei até onde esse amor tá me fazendo bem.

— Não tá te fazendo bem, né, Júlia?

Ela não respondeu, ficou me olhando. E fiquei olhando pra ela. Ficamos tentando adivinhar o que a outra estava pensando e, pela primeira vez, não soube nada sobre o que se passava pela cabeça da Júlia e isso deu medo.

— Ana, vamos tentar ficar bem pelo menos aqui no acampamento? Ainda estamos no segundo dia e temos mais três pela frente. Depois a gente conversa em casa e decide o que é melhor pra gente. O que você acha?

— Ficar bem como?

— Como se nada tivesse acontecido. Ficamos juntas, longe deles, só eu e você, como uma lua de mel. A gente se entende tão bem sozinhas. Quem sabe a gente não se conquista de novo nesses dias que faltam?

— Júlia...

— Oi?

— Eu te amo.

Acho que foi o "eu te amo" mais sincero da minha vida. Disse isso numa hora que não queria dizer, mas foi muito verdadeiro, era o que eu sentia, tinha que colocar pra fora mesmo que não fosse o melhor momento. Ela entendeu isso, me sorriu aquele sorriso de criança e me beijou. A princípio ela me deu um beijo suave, que era pra ser apenas um beijinho de "tá bom amor, eu também te amo", mas não a deixei escapar. Eu a beijei com todo o meu amor, com toda a intensidade, com toda a vontade que havia dentro de mim, e ela retribuiu. Eu a beijei com medo, com lágrimas, com insegurança, dei um beijo de "te amo tanto e não quero te perder", como se nada mais existisse a não ser nós duas, a não ser nossas bocas enganchadas uma na outra sem querer largar. Eu a segurei e sentindo sua cintura pensei que aquilo era infinito. Viajei pela imensidão e lá prossigo, lá estou agora, sentindo o beijo que fazia tempo que não sentia. Sentindo como se fosse o primeiro. Parei de beijá-la, e ela me disse:

— O amor que eu sinto por você é esse. É mutável, tá aqui e quer sair. Quer morar em você.

Ela se ajeitou entre minhas pernas, de costas para mim, deitou com a cabeça para trás, nos meus ombros e ali ficamos abraçadas olhando o mato e pensando em vida. Vida a dois.

Te amo, em cada parte tua que me pertence, em cada parte minha que te pertence. Sou irremediavelmente sua, a cada momento, sempre que quiser e até quando você não quiser. Eu tô aqui, tô na tua frente, te amando de um jeito que não pode ser explicado, mas sentindo esse amor como minha aura, emanando e recebendo uma coisa que é tão sua quanto minha. Meu amor, que não pode ser chamado assim, porque é seu. Seu amor que eu te entrego dia após dia, porque te dou o que é direito seu. Tudo o que sinto de bom, de ruim. Porque sou uma extensão sua. Virei o que nunca queria ter sido e gostei, virei um amor para alguém, logo eu que não me entendo, que nunca soube o que queria ser. Você é minha voz, meus olhos, minha audição e em tudo o que toco, penso e desejo você está. Você é. E se isso não é amor, me desculpa, mas você deveria ter me ensinado isso também nos mesmos dias em que me ensinou que amar não é aprender, mas colocar em prática o que já sabemos.

Escrevi isso pra ela num papel que achei no porta-luvas do carro. Ela leu, se emocionou e, do outro lado do papel, me escreveu também.

Você, pra mim, é como o soneto da fidelidade, é aquela valsa de 15 anos inesquecível, a música que a gente aumenta no rádio. Você é para mim o que você quer ser, e amo cada personalidade sua, cada gesto, cada olhar, cada palavra. Te sei como ninguém e conheço mais de mim quando aprendo mais de ti. Você é minha pérola, apesar de para os outros mostrar-se apenas como ostra. Que sorte minha te descobrir dentro de ti e amar a joia mais preciosa que poderia ter. Sou tão sua quanto te sinto minha e te sinto inteira a todo momento, sou mais que o inteiro então, sou sua mais do que sou sua. Sou você vazando, sou você chorando, sou você sorrindo, falando, olhando e ouvindo. Sou tudo o que me permite ser e quero ser mais. Quero ser a parte proibida sua, porque quero te rodear mesmo quando você não queira nada nem ninguém por perto. Não me importa qual é a palavra disso que sinto por você, o importante é que faça bem a nós duas.

Não se pode negar que somos gays.

Depois dessa conclusão me lembrei de algo que, na verdade, queria ter esquecido. Quando eu e a Júlia nos conhecemos, duas jovens, foi tudo bem mais difícil para ela. Revelações são difíceis, não é?

Revelar um segredo é um alívio para quem fala e uma surpresa pra quem escuta. Bom, a mãe dela não teve uma das melhores reações. Diante do "Mãe, eu gosto de mulher", ela poderia ter ficado aborrecida, mas ficou ignorante.

Acho isso uma falta de consideração. Não que eu seja a favor dos filhos, também não sou a favor dos pais, sou a favor do respeito. Sempre me achei uma pessoa estranha justamente por isso, acho que não são apenas os filhos que devem respeito aos pais, os pais também o devem aos filhos.

Como exigir respeito se você não respeita? Como exercer o abuso de autoridade e depois querer que seu filho te respeite?

Minha mãe? Minha mãe é uma santa, coitada. Troca receitas de bolo com a Júlia até hoje. Isso me basta, sempre me bastou. Penso que se minha mãe me educou, me fez ser quem sou e pra ela tá tudo bem, então é porque tá tudo bem. Mas sabe como é, né? Todo mundo tem aquele parente chato que a-do-ra se meter na vida dos familiares, criticar e se sentir tão importante, velho e sábio a ponto de dar sua opinião e falar "Aaaiii, mas fulana é gay? Que horror!". Nunca me incomodei que dissessem isso de mim, porque a opinião alheia sinceramente não me importa. O que me admira, na verdade, é o parente acreditar que a opinião dele é relevante pra mim. Quer achar um absurdo eu ser gay, ache. Também acho um absurdo você pensar que tô me importando com o que você acha.

Eu, hem?!

Sendo a pessoa desencanada que sou, jamais perderia meu tempo com isso. Apesar de ter gastado uma página para falar sobre isso.

Na verdade, queria falar de como foi difícil para Júlia ter que renunciar a muitas coisas para ficar comigo e enfrentar o preconceito da família e todas essas coisas.

Acho que é por isso que a admiro e que ela é essa mulher tão forte e imponente. Porque enfrentou algo que outras pessoas no lugar dela não teriam enfrentado, teriam achado mais fácil desistir de mim e não renunciar à mãe, ao lar e aos estudos. Acho, inclusive, que essa foi a maior loucura da Júlia, senão a maior prova de amor.

Sabe que pensando nisso, me deu uma vontade de tomar chá. Chá me lembra tanto meu início de namoro com a Júlia. De quando ela ficou doente e cuidei dela – eu, a insensível da relação – cuidei dela.

– Ai, amor, me deu uma vontade de tomar chá.
– Nesse calor?
– Ué, o que que tem?
– Chá gelado, né, Ana?
– Meu amor, chá é chá, tanto faz se quente ou gelado.
– Acho que naquele bar não tem, né?
– Não, lá só tem pessoas que xingam as outras por causa de trocados.
– Se sessenta reais é trocado pra você, fico pensando o que é dinheiro.
– Foram sessenta reais aquelas biritinhas?
– Foram.
– Nossa, que absurdo, até aqui no fim do mundo as coisas são caras. Pulseirinha de miçanga da praia agora deve estar duas por trinta.

Gente, que loucura, como beber é caro, né? Tá compensando mais ficar sóbria. Que saudade da minha adolescência que eu tomava um copo de cerveja e já dançava a *Macarena*.

– Amor, quero aprender a surfar.
– Júlia! É verdade, você sempre quis surfar, ontem vi lá uma placa na praia de uns caras que ensinam.
– É, então, quero aprender. Vamos?
– Ai, amor, posso ficar só olhando?
– Por quê? Não se anima a aprender comigo?
– Sabe o que é? Ficar de cócoras sempre foi um problema pra mim. Me sinto uma inútil, porque não consigo me equilibrar de cócoras.
– Mas você não precisa ficar de cócoras.
– E como faz pra levantar na prancha?
– Você levanta assim, superágil.

— Agilidade você sabe que não é comigo.
— Se fosse pra tocar piano, você seria aluna nota dez.
Intimidade é uma merda, né?
Decidimos ir até a praia pra Júlia finalmente aprender a surfar. E essas pedrinhas no meio da areia, nesse caminho absurdo de longe até a praia, me fazem lembrar da sensibilidade do meu pé e da areia que vai estar queimando. Não que eu vá até lá descalça, mas não vou entrar no mar de chinelo, né? E da areia até o mar queima.

Talvez eu devesse lançar essa tendência de entrar de chinelo no mar, se tem gente que sai na rua de chinelo e meia, por que não entrar no mar de chinelo?

A Júlia tá tão bonita com esse biquíni verde e essa canga branca, me lembra até quando minha prima foi musa do carnaval, toda trabalhada na lantejoula verde e na purpurina branca, a cafonice em pessoa, mas sabe como é, né, carnaval.

— Amor, por que você não gosta de passarinhos?
— Ju, adoro passarinhos, só não gosto quando eles me acordam.
— Mas por quê? São tão lindos.
— Não sei, amor, você sabe que pra mim, de manhã, tudo é feio.
— Eu também?
— Às vezes, quando você dorme com aquele pijama chinês fico me sentindo do lado de uma gueixa.
— E isso é feio?
— Não, mas você sempre acorda de bom humor quando dorme com ele.
— E o que que tem?
— É irritante acordar com alguém dizendo "Bom dia, flor do dia!".
— Você não gosta de ser a flor do meu dia?
— Claro que gosto, mas essa expressão me lembra o *Pequeno Príncipe*.
— E daí?
— Daí que já acordo pensando nisso, fico lembrando da história, me questionando...

— Questionando se deve colocar uma redoma em mim?

— Não, questionando até que ponto vejo uma cobra engolindo um elefante no lugar de um chapéu.

Credo, quanta cerca nesse caminho, pra que tanta cerca gente? Cercas me trazem péssimas lembranças.

Me lembra de quando eu e a Júlia terminamos por um mês, porque ela veio com um papo de cerca. Ridículo, o papo. Tenho tanta raiva dessa história...

Ela veio dizer que era uma cerca toda furada (eu fiz os furos com coisas ruins), depois disse que nem existia mais cerca, que não havia sobrado nem uma farpa dessa cerca.

Incrível como a cerca se reconstruiu magicamente sem furos em um mês.

Odeio a maldita história da cerca.

13

Engraçado... Saímos de lá, chegamos aqui e nada do casal de cornos. Não que o Gustavo me interesse, mas me preocupo com a Raquel, ela já tinha decidido que não queria mais aquele relacionamento aberto. Será que eles conseguiram se resolver? Não entendo esse papo de relacionamento aberto, acho que isso não existe. Isso é traição, é cara de pau, é não amar. A Júlia me traiu, eu a trai. Mas traímos porque brigamos, tudo bem, não

tem justificativa. Nada justifica uma traição, mas tomando licença de ser criança neste momento: só a traí porque ela me traiu primeiro!

Já traí a Júlia uma vez, aquela vez em que ela terminou comigo durante um mês e não gosto nem de lembrar. Não que tenha sido ruim, muito pelo contrário, foi ótimo, mas ruim foi a sensação que fiquei depois. Mesmo sabendo que eu a amava, que iria passar o resto dos meus dias com ela, cedi à tentação.

Mas a tentação era tão linda.

Beatriz... Inesquecível Beatriz. A Bia foi uma ventania na minha vida, e eu pra ela fui um ventinho. Uma vez cheguei a escrever um bilhetinho pra ela onde dizia "Fui um vento incômodo que passou por seus cabelos e você, de raiva, os prendeu". Ela leu, riu e disse: "Você acha mesmo que foi isso pra mim?". Disse que fui muito mais. Mas não sei se acredito.

Foi um assunto que ficou como uma boneca quebrada em cima de uma prateleira, quando o caso acabou, desisti de tentar entendê-la. Claro, ainda falo com ela até hoje porque representa um dos meus clientes, mas não temos mais nada. Nem um olhar, nem um gesto, nem nada do que fomos um dia.

Por ela fiquei louca, cega, burra, fugaz, fiquei fora de mim e ao mesmo tempo nunca fui tão Ana em toda minha vida. Parece que paixão é uma injeção de loucura. Esqueci que tinha vida, que tinha trabalho, que tinha a Júlia. Só pensava nela a todo momento. E ela sabia! Ela sabia! E ria disso. Aquele riso de Anita sabe? Meu Deus quem não gostaria de encontrar uma Anita? Ela sabia de mim e da Júlia, mas não sei qual batalha de ego ela travou consigo mesma numa ilusão com a Júlia, que precisava provar que era muito melhor. Essa eterna guerra entre mulheres sempre sobra pra quem tá no meio.

Morena, alta, escandalosamente sensual, linda, lábios carnudos, olhos um pouco puxados e aquele jeito de olhar que quer seduzir. Atriz.

Quando a conheci, ela era atriz, acho que isso que mais me fascinava. A dúvida a todo momento se o que ela dizia era verdade ou mentira. Por causa dela, hoje não tolero mentiras, não minto nem gosto que mintam pra mim, porque lembro dela. Lembro de como ela me usou, me bordou, me pintou, me sacudiu, me dobrou, me jogou no lixo e me pisou.

Mas há males que vem pra bem. Ela com certeza ajudou a lapidar a pessoa que sou hoje. A pessoa que não tolera mentiras. Ela, aquela ventania. Que tinha um abraço tão bom quanto o beijo. Chegar perto dela me fazia crer que meu coração estava batendo de verdade, mesmo esquecendo sempre que tinha um coração, tanto o meu, quanto o da Júlia.

A Júlia, na verdade, a conheceu junto comigo e sempre ficava reparando no que a gente conversava, no modo como nos olhávamos e, chegando em casa, já armava o circo, dizendo que eu ia trair ela, que ela tava sentindo, que eu não era mais a mesma. Todas aquelas coisas que a gente nega, mas que sabe que é verdade.

E como era horrível deitar a cabeça no travesseiro, olhar pra Júlia, vê-la dormir tão linda e logo lembrar que horas antes eu estava com a Beatriz e queria mais. Cheguei um dia a cometer uma loucura, foi o dia fatídico em que terminamos. Saí no meio da noite para encontrá-la e deixei a Júlia dormindo.

Quando voltei, estava sentada na poltrona em frente à porta de pernas cruzadas segurando uma xícara. Entrei, a vi, fechei a porta e juro que tentei escapar, mas ela começou a falar.

– Essa é a segunda xícara de café que estou tomando.
– Essa hora, amor? São três da manhã! Você não trabalha amanhã?
– Onde você tava?
– Tava aqui embaixo do prédio, fumando um cigarro, pensando na vida.
– É? E onde estava nosso carro?
– Como assim, onde estava nosso carro? Nosso carro tá lá na garagem.

— Que engraçado, porque desci e não vi nem você nem nosso carro lá embaixo e aí fiquei me perguntando "Onde será que a Ana está?".

— Ah, fui até o posto comprar cigarro, porque quando desci pra fumar percebi que não tinha cigarro dentro do maço, só o isqueiro.

— Você tá me achando com cara de quê, Ana? Onde você estava?

— ...

— Onde você tava, Ana? Você tava com ela, né? RESPONDE!

— Tava.

Vi as lágrimas escorrendo pelo rosto dela, enquanto mordia os lábios tentando não chorar.

— Você me traiu com ela?

— Traí.

Disse isso sem conseguir olhar pra ela.

— Não acredito. Sabia que isso ia acontecer. Por que você me traiu? Por que com ela?

Aí ela não segurou mais o choro e caiu no sofá chorando.

— Calma, meu amor, eu...

— Não me chama de meu amor, não sou seu amor. Se eu fosse seu amor você não teria me traído com aquela ridícula. Ana, o que você viu nela?

— Não sei, Júlia, mas eu te amo. Tô muito mal com essa situação também, não queria fazer isso, só aconteceu.

— Como assim, só aconteceu? Essas coisas não acontecem assim, as duas têm que querer. As pessoas não saem se beijando por aí na rua do nada. Tem que rolar algo primeiro. Todo esse tempo eu tava desconfiando, mas preferi confiar em você. Você traiu minha confiança.

— Eu sei, no seu lugar também estaria assim. Sei que não dá pra entender, mas não vai mais acontecer amor, eu juro. Amanhã vou falar com ela, vou terminar tudo isso e ficar só com você.

— Você tá louca? Só pode estar!

— Por quê?

— Tô saindo dessa casa agora. Se você quiser, liga pra ela e termina a festinha aqui.

Tentei segurá-la, mas uma mulher com raiva é pior que um furacão.

— Mas já é tarde, Júlia, pra onde você vai?

— Vou pra casa do Guilherme, já o tinha deixado avisado que se acontecesse essa palhaçada eu ia dormir lá, inclusive ele deve estar me esperando, porque também sabia que isso ia acontecer, e aí percebo o quanto realmente sou trouxa. Porque todo mundo sabia.

Fez as malas e saiu. E fiquei olhando pra poltrona vazia e pra xícara no chão. Não preguei o olho a noite inteira. No dia seguinte cheguei à agência e, passando pela cozinha, ouvi um papo estranho.

— Beatriz, aquela do nosso cliente.

— Sei.

— Então, tô tentando convencê-la há um tempo da gente assumir logo pra todo mundo, mas ela não quer.

— Pô, Reynaldo, por que não quer?

— Não sei, cara, sei que não quer e pronto. Não tem quem convença.

Eu, obviamente, tive que me meter na conversa.

— Reynaldo, você tá falando da Beatriz, que esteve aqui na reunião ontem?

— É, ela mesma.

— Você tá namorando com ela?

— Tô, mas pelo amor de Deus, dona Ana, é segredo. Ela não quer que ninguém saiba e se souber que a senhora já tá sabendo, vai brigar comigo.

— Pode ficar tranquilo. Há quanto tempo você estão juntos?

— Dois meses.

E durante um mês ela jurou amor eterno, jurou ficar e estar apenas comigo, quase me convenceu a largar a Júlia pra ficar com ela, mas estava havia dois meses com o Reynaldo.

Beatriz, a atriz. Aquela que me enganou. Aquela que deixei me enganar. Aquela por quem quase renunciei minha vida com a Júlia, por quem quase perdi meu grande amor.

Naquele dia não consegui trabalhar. Fui pra casa, fiquei o dia inteiro sentada na poltrona que a Júlia estava me esperando no dia anterior, olhando pra porta, pensando.

E ali me senti no lugar dela, olhando pra uma porta, pensando e esperando a porta se abrir e a Júlia entrar. Mas isso não aconteceria por longos trinta dias. Essa incerteza do futuro e, ao mesmo tempo, a certeza da merda do passado. Não senti as horas passarem por mim, quando olhava para a porta via o sol, de repente quando me dei conta estava tudo escuro e mal enxergava a porta. Assim, do jeito que a Júlia estava. Cheia de medos, perguntas sem resposta, receios, apenas esperando a porta abrir e ela entrar dizendo que tinha chegado de uma viagem ou uma reunião. Que iríamos para a cama, nos abraçaríamos e dormiríamos. Como tinha que ser.

Mudei o "tinha que ser" para "não quero que seja", pelo menos aos olhos da Júlia. Assinei minha perda quando beijei a Beatriz pela primeira vez.

Foi tão angustiante a espera, correr atrás e só levar não e patadas, justas patadas, mas foi tão dolorido. Principalmente porque eu sabia que pra ela era mais difícil, porque apesar de tudo ela me amava, mas não queria mais amar.

E como se desama? Como faz para deixar de amar alguém da noite pro dia? Assim, tão no singular? Se fosse ainda das noites para os dias, o tempo natural que se leva para esquecer alguém...

Mas tive a ajuda do Guilherme, que, com jeito, a convenceu a me perdoar, a tentar esquecer e voltar pra mim. Quando tivemos a última conversa, ela já estava muito mais calma e me disse coisas lindas.

E eu, completamente nervosa, chorando, perguntei já sem esperanças:

– Júlia, volta pra mim?

– Olha, Ana, odeio amar você, você sempre me convence. Eu não deveria, mas...

Não deixei que ela terminasse a frase, logo a beijei e foi tão bom beijá-la ali, daquele jeito, na casa do Guilherme.

Ela lá no grupo de pessoas que vão aprender a surfar, e eu aqui olhando e pensando nessas coisas. Deveria me sentir feliz, não pensar em nada disso porque parece que nos acertamos, mas todas essas lembranças me fazem mal.

Sempre fico pensando em tudo o que a Júlia teve que aturar de mim, todos os sapos que teve que engolir, tudo o que passamos juntas para chegarmos onde estamos.

E onde estamos? Em férias, num camping, brigando. Isso tá muito errado.

A Júlia não está com uma cara muito empolgada. Estranho, sempre quis aprender a surfar e, quando pode, fica com essa cara de bunda, sem o mínimo de empolgação.

– O que foi, amor?
– Não sei se quero aprender a surfar.
– Tá louca? Por quê?
– Não sei, tava aqui pensando, bateu um desânimo.
– Que isso! Não, senhora, você sempre quis aprender a surfar. Aprendo contigo se você quiser.
– Você faria isso por mim?
– Claro que faria, meu amor.
– Agora, né... Parece que você tá tentando se redimir.
– É, eu tô.
– Mas não quero que você faça nada por mim, queria que fizesse por nós. Tava pensando nisso no meio do caminho... Tudo o que você faz é pra você ou pra mim, nunca pra nós.
– Meu amor, se é pra você e pra mim, é pra nós.
– Não, tem uma grande diferença nisso.

Deu meia volta e saiu andando. Acredita? Casar com chefe de redação sempre põe sua capacidade de interpretação à prova. Que merda! Fui atrás dela.

– Júlia, para meu amor, vamos conversar.
– Conversar o que, Ana? Quantas coisas a gente já conversou desde que chegamos aqui? Não consigo mais conversar.
– Você não acabou de falar pra gente ficar numa boa enquanto estivermos aqui?

Ela tá fazendo a trilha de volta pro acampamento. Qual é a dela? Primeiro vem, conversa, escreve coisas lindas, fica empolgada pra surfar e de repente sai feito uma louca, a passos largos sem nem querer me ouvir.

– Júlia, para!
– Ana, não quero mais ficar aqui. Esse acampamento foi um erro, essas férias foram um erro, enquanto eu estava lá na nossa

casa, me afogando no trabalho, sem tempo pra pensar em nada tava ótimo!

– Você tava fugindo!

– Eu tava fugindo de uma coisa da qual, descobri agora, prefiro continuar fugindo. Vou pra casa agora, quer ir comigo, vamos. Não quer, fica aí.

– Tá maluca? É claro que vou contigo. O que vou ficar fazendo aqui sozinha?

Eis que surge o cornão, agora querendo um novo rótulo: traído. Vê se eu posso com uma coisa dessas. Surgiu assim no meio da trilha, como se estivesse cagando no mato, fazendo um típico escarcéu. Dizendo para quem quisesse ouvir que não ficaria sozinha, que a Raquel teria o maior prazer em ir comigo.

– Olha aí, já tem companhia pra ficar aqui se quiser. Disse a Júlia sem olhar para trás, como se estivesse dando um xeque-mate no fim de um filme.

– Escuta aqui, ô sua maluca, vamos parar com essa palhaçada de bem me quer, mal me quer, porque não tenho paciência nem disposição pra isso.

Enquanto isso o cornão vinha se aproximando, parou na nossa frente e disse com a maior cara de pau do mundo:

– A Raquel terminou comigo!

Era só isso que faltava para coroar o acampamento fracassado: o Gustavo chorando e a Júlia dando colo para ele dizendo a famosa frase "Calma, ela gosta de você". E a gente, Júlia? Nossa conversa fica pra que horas? Você não pode estar falando sério, você prefere dar colo pra esse cara a se acertar comigo? Já até podia ouvir a voz dela respondendo "Prefiro". Mas o que aconteceu no meio de tudo o que vivemos, qual foi a parte que eu perdi que faria todo o sentido agora? Será que ela tem um caso com alguém e por isso já vinha fugindo? Será que ela acha que ainda tenho alguma coisa com a Beatriz?

O que será que ela acha? Isso é tão importante agora! E esse cara chorando, meu Deus! Tá na cara que ele não tá nem aí pra Raquel, só quer ser consolado pela Júlia e ela quer consolá-lo. Olha como ela o abraça. Casal perfeito. Não vou ficar aqui olhando essa cena ridícula. Enquanto os dois se abraçam, vou arrumar minhas coisas para ir embora, porque agora, mesmo que a Júlia queira ficar, eu vou embora.

– Júlia, tô indo.

Ela não me respondeu, com certeza achou que eu estava apenas voltando para o acampamento, sem pensar que depois disso vou realmente embora. Com ela ou sem ela, tanto faz. Fico aqui me preocupando, querendo me acertar e ela tendo crises de identidade a cada cinco minutos, uma hora sou o amor da vida dela, outra hora sou só a namorada que veio junto no acampamento.

É, certas horas tenho a impressão de que sou aquela que "veio junto". Vim junto, pois sim, deveria mesmo era ter ficado em casa, devia ter feito tanta coisa que não fiz. Mas, tudo bem... Vou pegar minhas coisas, desmontar a barraca, colocar tudo no carro e fazer como chefe de acampamento: "Estamos saindo, quem não vier, vai ficar". A diferença é que não vou ficar esperando ninguém. Não vou.

Chegando no acampamento, a Raquel estava sentada na minha barraca chorando, resolvi ignorar aquela cena para não cair no choro junto com ela, passei reto e fui pegar algumas coisas minhas que estavam espalhadas.

– Desculpa, você quer entrar na sua barraca?

– Não, não. Pode ficar aí, tô vendo que você tá mal.

– É, desculpa vir chorar aqui, mas é que você queimou a barraca, né? – sorriu, enxugando as lágrimas.

– Não tem problema.

Senti meu coração amolecendo. Mesmo ali, triste, chorando, ela ainda estava preocupada em ser educada e falar de um jeito delicado que eu queimei a barraca dela. Que linda!
– Terminei com o Gustavo.
– Tô sabendo.
– Ele foi contar pra vocês?
– É, ele foi chorar pra Júlia.
– Você tá juntando suas coisas, vai embora?
– Vou. Vamos. Vamos?
– Era tudo o que eu queria agora, ir embora daqui.
– Então ótimo, junta suas coisas e a gente dá o fora daqui.
– Mas e eles?
– Sei lá deles, eles têm um carro, a gente vai embora no meu, apesar de eu não querer andar nesse "local de traição" ambulante.
– Tudo bem, a gente pode ir no meu.
– O carro é seu?
– É.
– Ótimo, tava mais do que na hora deixar a Júlia ficar com esse cacareco de vez.

Ela sorriu um sorriso piedoso e compreensivo, sabe aquele tipo que levanta a sobrancelha e a gente quase escuta um *own*? Começou a juntar as coisas dela, e resolvi deixar a barraca lá, afinal a superfodona a montou, com certeza vai querer desmontá-la. Vou deixar essa diversão pra ela e pro cornão.

Malas prontas, hora de partir.

Agora, veja você: estou aqui dirigindo um carrão, com uma gostosa do lado, enquanto minha namorada muito chata ficou no acampamento e nem faz ideia de que estou aqui. Quer coisa melhor?

Depois desse pensamento, fiquei muito tempo em silêncio, me questionando em que ponto da viagem comecei a ter um pensamento machista. Será que sempre tive?

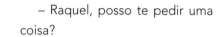

– Raquel, posso te pedir uma coisa?
– Claro – disse, olhando a paisagem que passava na estrada. – Fala.
– Você se incomoda se eu for em silêncio pelo menos parte do caminho?
– Não, por quê?
– Não sei, acho que preciso pensar. E talvez meus pensamentos não sejam tão bons, não quero assustar você nem me assustar, sabe?
– Você não tá pensando em se matar, né? Porque se for isso...

– Tá louca? Não, não, nada de mortes. É que depois do que a Júlia me disse, acho que comecei a ter outro pensamento a respeito de tudo isso, dela, de mim, da gente, de tudo sabe? Coisas que antes não enxergava, passei a ver como se tivesse um holofote.

– Entendi, tá bom. Preciso pensar também...

Me joguei nos pensamentos. A Júlia não me ama mais. Não amo mais a Júlia. Simples assim, nosso amor acabou quando começamos a empurrar com a barriga, jurando que íamos resgatar alguma coisa. Mas o resgate já é algo perdido, algo que nunca deveria ter se perdido. Será que vale a pena voltar, enfrentar novos obstáculos para buscar algo que talvez nem seja para estar com a gente de novo? Acho que não. Pensando assim, transformamos uma coisa tão gostosa em algo amargo. Por que não deixamos lá atrás e vamos viver nossa vida? Por que precisamos viver juntas? Por que não posso ir para um lado e ela para outro? Sabe? É como uma roupa que não nos serve mais, como cantava Elis Regina. Não precisamos vestir essa roupa pra sempre, ela pode sim, ser deixada num armário como uma doce lembrança para nós duas. Algo que nos une, mas sem carregar no corpo. Deveria ser assim, por que empurrar com a barriga? Não é mais fácil falar que acabou? As duas se separariam, sofreriam um pouco, retomariam a vida normal e encontrariam alguém legal. Pronto. Simples, por que não pode ser assim? Pode!

– Chegando em casa vou pegar minhas coisas e ir pra casa do meu amigo.

– Oi?

– Vou chegar, juntar tudo o que é meu e vou passar um tempo na casa do Guilherme, meu amigo. Tá decidido.

– Você decidiu isso assim, agora? Do nada? O que te fez chegar a isso?

– Quero coisas novas, sabe, Raquel? A verdade é que eu e a Júlia não nos amamos mais, nossa relação já deu o que tinha que dar. Já chegamos ao limite da falta de respeito, como se fosse a gota d'água. E é a gota d'água. Quero viver minha vida, quero conhecer pessoas novas, lugares novos, não quero mais empurrar com a barriga.

— Você pensando no desapego e eu pensando no apego. Não nesse sentido, com o Gustavo não dá mais mesmo. Mas nunca deu. Relação aberta... Que coisa ridícula, acho que minha rebeldia foi além dos limites também, mas era medo, eu acho. Medo de ter um relacionamento sério, de me apaixonar e depois sofrer. Mas não quero mais ter esse medo, quero um relacionamento sério, quero me apegar em alguém.

— Apegar-se acho que não é muito o que você deve fazer, mas se permitir. A gente perde muitas coisas por medo da perda. É um contrassenso bizarro.

— Então por que você não leva suas coisas pra minha casa? Seria isso também um contrassenso? Quer viver a vida, conhecer lugares novos... morando com a Raquel? Não quero pular o término de uma relação já pra última parte da próxima. Preciso conhecer, aprender, pra então estar preparada para uma nova relação.

— Morar com você?

— É.

— Não é que não queira, nem que não possa, é que eu não acredito.

— Como assim?

— Não acredito que essa seja uma solução, acho que seria um erro. No momento queremos coisas muito diferentes e, morando juntas, isso poderia ser ruim. Mesmo porque a gente nem se conhece direito! Sem ofensas, mas vai que você é uma louca, psicopata?!

— Desculpa, Ana, mas não fui eu quem colocou fogo numa barraca de camping.

— É, acho que sermos traídas, termos bebido juntas e termos transado durante um pequeno incêndio nos dá bastante intimidade.

— Não sei se você está sendo irônica, mas acho que sim, nos dá intimidade suficiente. E outra, não vamos ser tão irresponsáveis assim, vamos mudar o termo "morar" para "passar uns dias". Quem sabe você acaba gostando?

– Ultimamente meu problema tem sido justamente não gostar de nada. Mas se for só uns dias, acho que posso conviver com uma incógnita.

– Fechado!

Enfim, chegamos na minha casa. E como o carro da Raquel é grande, já aproveitei para pegar minhas coisas e ela me ajudou. Pra que caixas? Pega a roupa toda e joga dentro do carro. Pego o quadro da entrada, que eu pintei, ou deixo pra Júlia? A Júlia nunca gostou muito desse quadro, na verdade nem eu. Vou levar e dar outra cara pra ele. A TV da cozinha deixa, minha mãe no porta-retrato pega, malinha, minhas toalhas, minhas pastas, escritório... Depois venho buscar minhas coisas do escritório. Tem mais roupas na área de serviço, pega tudo. Leva tudo o que dá agora, pra depois só vir buscar as coisas do escritório. Não, melhor me assegurar do mais importante.

– Raquel, pega as roupas do cesto azul, são todas minhas e vai descendo. Vou pegar uns papéis no escritório.

Ah, tá bom que vou deixar a Júlia com meus escritos mais importantes, do jeito que ela vai surtar, é capaz que bote fogo. Então só vou deixar o que pode pegar fogo. Será que a Júlia faria isso? Não, não faria. Mentira, faria, sim. Ela me deu um soco. Por que não colocaria fogo nos meus papéis importantes? Bom, isso vem, isso fica. Aquele livro, cadê? Tá aqui, ele vem, pronto. Acho que é isso, o resto pode ficar. Tudo bem se pegar fogo.

Desci de escada porque não quis arriscar esperar o elevador e sei lá, de repente a Júlia tá chegando, vai saber. Ou será que ficou por lá? Bom, tanto faz. Carro, casa da Raquel.

– Onde você mora?

– Relaxa, vou guiando você. Continua seguindo reto.

– Acho que vamos precisar de gasolina. Falando nisso, onde está meu celular? Será que peguei? Dá uma olhada na minha bolsa, por favor?

— Tá aqui, desligado. Deve ter acabado a bateria.

— Nunca, já deixei ele desligado por isso. Dá aqui, onde tem um posto? Aquilo ali na frente é um posto?

Sim, era. Parei no posto e liguei o celular, imediatamente recebi uma mensagem: *Sei que você foi viajar sem celular, mas assim que chegar me avisa. Bjos.*

Era o Gui, eu precisava muito falar com ele, mais do que comigo mesma ou qualquer pessoa. Liguei imediatamente pra ele enquanto a Raquel conversava com o frentista. Me afastei o máximo que consegui sem sair da visão dela, só pra mostrar que estava tudo bem.

— Alô, Gui?

— Já voltou, Ana?

— Voltei, a Júlia tá lá.

— Mentira, como assim? Vocês brigaram? O que aconteceu?

— Ai, longa história. Vou deixar minhas coisas na casa da Raquel e já passo aí pra gente conversar. Na verdade, se você puder me buscar, melhor. Tô com o carro dela e...

— Quem é Raquel?

— Uma mulher que conheci no acampamento.

— Onde você tá?

Dei uma olhada em volta

— Na verdade, acho que tô perto da sua casa, porque tô num posto que parece aquele do dia da tequila, sabe?

— Vem pra cá.

— Não posso, disse pra ela que eu ia pra lá.

— Sou seu amigo, você vai ficar aqui e não numa desconhecida.

— Mas não é uma descon...

— Ana, você deixou a Júlia onde vocês tavam, tá na cara que você não pode decidir nada. Vem pra cá, tô te esperando.

Desligou.

Desligou na minha cara. Agora as pessoas me tratam assim. Enfim, é melhor fazer o que ele disse, a Raquel vai ficar triste, mas... Foda-se a Raquel, eu a conheço há dois dias só. É melhor avisá-la.

De volta ao carro.

– Raquel, mudança de planos. Vou pro meu amigo.

– Ah, mas por quê?

– Liguei pra ele agora e ele praticamente me intimou a ir pra casa dele, ele é meu amigo desde criança e acho que preciso mesmo conversar com ele.

– Mas vai só conversar ou vai ficar lá?

– Vou ficar por lá mesmo, acho até melhor. Se a Júlia souber que tô na sua casa, vai encarar como pirraça, sei que não é e que também não deveria me importar com o que ela pensa, mas conheço a criatura e estarei dando um ótimo tema pro monólogo dramático que com certeza ela vai fazer, se souber.

– Bom, tudo bem, né. Mas por que você não me visita à noite? A gente toma um vinho, sei lá. Conversa sobre toda essa loucura.

– Me dá seu número e eu te ligo, pode ser?

Ela me deu o número dela, pegou o meu e me deixou na casa do Guilherme. Ele desceu pra me ajudar a subir com as coisas, foi supersimpático com ela – claro, não haveria motivo pro contrário – e não falou nada até estarmos dentro da casa dele com a porta fechada.

– Pronto, agora eu quero que você me conte o que aconteceu.
– Ela me traiu.

Disse isso e comecei a chorar. De repente doeu tanto dizer isso pra ele, admitir pro meu amigo que a mulher que eu amava, tinha me traído. Não sei por quanto tempo chorei, ele sumiu por alguns instantes e voltou com uma xícara quando eu já achava que não havia mais lágrimas dentro de mim.

– Já vi essa cena, mas quem estava sentada no seu lugar era ela. Toma esse café, vai te fazer bem.

— Incrível como as coisas mudam rápido, né? Tipo aquela música que diz "De repente as coisas mudam de lugar e quem perdeu pode ganhar" sabe? De quem é?

— Tadinha, alma tão velhinha, não devo escutar essa música desde que saí da casa da minha mãe... Não importa de quem é, mas é exatamente isso que está acontecendo agora.

— Não, senhor, as coisas mudaram de lugar, mas perdi duas vezes. Porque não sei se você se lembra, mas ela me abandonou e fiquei correndo atrás dela um mês e, agora ela me traiu!

— Ana, ela te abandonou porque você a traiu, e agora que ela te traiu e você a deixou lá, isso significa abandono.

— Se você quer enxergar as coisas assim...

— Deixa de drama, me conta o que aconteceu.

Vamos à longa história. Contei a ele tudo o que havia acontecido do início ao fim, ou seja, a parte em que eu chegava na casa dele. A primeira coisa que me perguntou foi:

— Você pôs fogo na barraca deles? Tipo, sério?

— Sim

— PAS-SA-DO.

— O que você teria feito no meu lugar?

— Não sei, mas com certeza algo menos incendiário.

— Tudo bem, mas e agora, o que vai ser de mim?

— Ana, depois de tudo o que você me contou, fica um pouco difícil acreditar que vocês ainda se amem. Tem certeza de que você ama a Júlia?

— Sinceramente, não sei. Doeu tanto te falar que ela me traiu, tá doendo ainda. Eu lembro e sinto uma dor tão grande.

— Você acha que não consegue esquecer isso?

— Não sei, toda vez que olhar pra ela vou lembrar daquele cara insuportável.

— Assim como toda vez que ela olhava pra você, ela lembrava da Beatriz.

— Mas é diferente.

– Diferente por quê? Porque não foi com você? Escuta Ana, ela passou por essa situação e te perdoou, na verdade o que você fez com ela foi muito pior. Ela te traiu com beijos, você a traiu com um caso! Você deixava ela em casa pra encontrar a Beatriz e ainda transou com outra mulher lá no acampamento que vocês estavam.

– Nossa, um amigo como você...

– Estou sendo realista, claro que sou solidário à sua dor. Você é minha amiga desde sempre. É exatamente por te conhecer que eu sei que dessa vez você passou dos limites e só está enxergando seu lado. Precisa que alguém te coloque de novo na realidade.

– Gui, não sei se o que sinto é dor de amor ou de orgulho ferido.

– Então sinta, pense e questione. Só você pode saber isso.

O Guilherme se levantou e mudou de assunto rapidamente, disse que queria me mostrar uma pintura nova dele, que ainda estava indeciso quanto ao fundo. Tirou o pano e no centro do quadro havia apenas uma folha seca pintada. Não sei por que, mas aquilo me lembrou tanto a Beatriz. Uma folha seca, voando ou pousada, numa tempestade ou numa calmaria, mas tão encantadora. Peguei meu celular imediatamente e liguei pra ela.

– Alô, Bia?

Escutei a risada debochada do Guilherme da varanda.

– Oi, Ana? É você?

– Isso.

– Nossa, que loucura você me ligar agora. Estava justamente falando sobre você.

Como assim falando de mim? Com quem? Pra quem? Bem ou mal? Onde? Por quê? Foram tantas coisas que eu pensei, mas ouvir aquilo me deixou tão fora de mim que só consegui dizer:

– É mesmo?

– É, onde você tá? Vem aqui no Xilas.

– Quem tá aí?

– Eu e uma amiga, vem logo, a gente acabou de pedir a primeira cerveja. Beijo.

Desligou na minha cara. É, as pessoas realmente gostam de fazer isso.

Fui ao Xilas e a encontrei, logo na primeira mesa fora do toldo. Fumantes, sempre pegam os lugares mais arejados. Quando a vi e ela sorriu e acenou pra mim, me senti tão protegida, estranho, não? Protegida por quem me deu uma punhalada nas costas, mas foi por ela que senti a coisa mais verdadeira que alguém poderia sentir, não tive dúvidas do meu sentimento, não hesitei. Fiz de tudo para estar com ela, quer coisa mais verdadeira que essa?

Me aproximei e ela estava linda como sempre. Apresentou a amiga Ísis, muito bonita também, mas eu não conseguia tirar os olhos da Beatriz. Antes de nos sentarmos, fui tomada por um impulso (natural ao lado dela) e a abracei, abracei como se abraça a mãe, como quando se recebe um colo e disse pra ela:

— Sei que parece loucura, mas você é o que tive de mais verdadeiro na vida.

— Teve? O que estamos fazendo aqui, então?

— Tivemos um caso, não temos mais.

— Mas tô aqui, não tô?

Eu a soltei e sentei, não estava preparada para lidar com toda aquela paixão novamente, nem poderia. Olhei para a amiga dela, que estava com uma expressão de surpresa. Claro, de repente vem uma louca e abraça a amiga dela e nunca mais solta, eu pensaria coisas muito piores do que ela deve ter pensado.

— Mas, então, você disse que estava falando de mim.

— Sim, tava falando pra Ísis sobre sua agência e o rápido caso que tivemos.

— Boa maneira de ser apresentada, um rápido caso. Isso realça ou empobrece o fato de eu ser dona de uma agência?

A Ísis finalmente nos deu o prazer de sua voz:

— Em se tratando da Bia, isso é normal. O mérito de ser dona de uma agência continua sendo todo seu.

– Ah, que bom! Então pode me dar um copo de cerveja pra isso descer melhor?

Normal. Normal? Tá, normal.

Ficha da Ísis:
Idade: 27
Profissão: Administradora (da empresa da Beatriz)
Signo: Leão
Esporte: Ciclismo
Bebida: Vodca
Conversa: Envolvente
Aparência: 10
Tique: Colocar o cabelo atrás da orelha

Conclusão?

Mesas de bar são realmente incríveis. Menos as redondas.

*e é tão claro que o que foi já não é mais vantagem
vai pela sombra e o que sobra é a miragem
e é tão fácil separar o que foi do que não foi bobagem*
  Jay Vaquer

Ouvi essa música no dia seguinte, logo quando acordei na casa do Guilherme. Escutei quatro vezes e ela fez um sentido absurdo pra mim em relação a tudo o que estava sentindo pela Júlia naquele momento.

O Guilherme acordou, creio que com a música:

– Você saiu e deixou o celular aqui, né? A tal da Raquel ligou várias vezes.

– Esqueci de ligar pra ela ontem, você atendeu?

– Claro que não. Mas a Ju também ligou e pediu pra você ligar pra ela assim que acordasse.

– Sabe essa música do Jay Vaquer? *Miragem*? Ela me fez entender o que sinto pela Júlia.

– Ela ou a Beatriz?

– Nem a Beatriz. Aliás, conheci uma amiga dela ontem.

– Vai falando que eu vou fazer café. Mas acho que amiga da Beatriz não pode ser boa coisa.

– Me diga com quem anda que te direi quem és. Isso tá tão fora de moda.

– Sei. E aí?

– E aí, nada. Achei legal, bonita.

– Não vai ligar pra Júlia?

– Vou. Vou na agência também.

– Ana, você ainda tá de férias.

– E daí?

– Liga pra Júlia.

Amigos que fazem papel de mãe: um saco.

Mas preciso mesmo ligar pra ela. Melhor, vou até lá. Ela deve estar em casa.

Tomei um banho ainda pensando na música e agora certa de que não dá mais pra empurrar com a barriga. Não existe mais amor. Será que ela chegou à mesma conclusão? Espero que sim.

No caminho pra casa da Júlia liguei pra Raquel e me desculpei por não ter ligado antes. Falei a verdade, que saí com uma amiga e precisava fazer isso. Ela foi supercompreensiva. Ou fingiu ser.

Ao entrar no elevador, fiquei me perguntando se entraria mais vezes lá ou se essa seria uma das últimas vezes ou talvez a última mesmo. Não, última não. Ainda tem coisas minhas lá dentro.

Entrei com minha chave e logo me deparei com a Júlia, sentada no sofá, olhando pra televisão desligada, com uma xícara na mão.

– Me ligou?

– Liguei.

– Tô aqui.

— Olha, Ana, não vou negar que fiquei muito puta quando cheguei no acampamento e percebi que você e a Raquel tinham ido embora, mas no caminho pra casa pensei um pouco e desde que cheguei não dormi. Fiquei pensando na gente.
— E...?
— Quero saber o que a gente vai fazer, percebi que você levou suas coisas daqui.
— Então, Ju... Nós duas já sabemos que não existe mais "a gente".
— Então é isso?
— É... O que você acha?

Ela não respondeu, voltou a encarar a televisão desligada por alguns segundos e de repente me perguntou:
— Onde você foi ontem à noite?
— Por quê?
— Liguei pra casa do Gui e ele disse que você tinha saído.
— Sim, saí.
— Com quem?
— Isso é realmente importante?
— Com quem você saiu?
— Com a Beatriz e uma amiga dela. Mas não foi nada demais, nós só conversamos as três no bar e voltei pra casa do Guilherme.
— Você me deixou num acampamento com um cara, voltou pra cá. Pegou suas coisas, foi pra casa do Guilherme e saiu com a Beatriz?
— Tipo isso.
— Você já voltou com a ideia de sair com ela?
— Não, Ju, aconteceu de sair com ela. Não vim com ideia nenhuma, além de tirar minhas coisas daqui.
— Aconteceu...
— Ju, por favor, isso não importa. Saí com ela pra tomar umas cervejas e só. Não tem nada demais nisso.

A Júlia me olhou com um olhar fuzilante, levantou encapetada, quebrou a xícara na parede e começou a berrar:

– Não tem nada demais nisso? Você teve um caso com essa piranha, você me traiu com ela. Você arrancou a sangue frio toda a confiança que eu tinha em você, destruiu nosso relacionamento e, por te amar demais, te perdoei, pra você me abandonar no acampamento e vir correndo pros braços dela?

Incrível como as pessoas sempre omitem suas culpas. Jamais ficaria ouvindo ela berrar o que eu fiz, sem berrar o que ela fez também.

– Você me traiu com um cara que mal conhecia, você se vingou da minha traição. Que porra de perdão é esse que paga na mesma moeda? Você nunca mais foi a mesma, você confessou que estava empurrando com a barriga, você me deixou de lado pra ficar cuidando de um cara que tava chorando porque o relacionamento aberto dele acabou!

– Deixei você de lado uma vez em todo esse tempo dessa merda do nosso relacionamento! Quantas vezes você inventou jantares e reuniões pra me trair com aquela vagabunda? Quantas vezes você me deixou de lado?

– Então foi vingança mesmo?! Sim, porque você justifica o que você fez, citando o que eu fiz.

– Foi desespero. Foi um pedido de socorro, porque toda noite, toda noite, Ana, eu acordo pra ver se você tá do meu lado, porque tenho medo que minha mulher me abandone de novo por qualquer outra vagabunda. Eu tava sufocando, tava morrendo aos poucos. Depois que a gente voltou você também esfriou, você começou a reclamar de tudo, você estava claramente insatisfeita e me vi sendo um peso pra você. Um peso pra pessoa que mais amo na minha vida.

– Esfriei porque você esfriou, porque voc...

– Não te passou nem por um segundo que eu tava machucada? Que era difícil pra mim? Claro que não! Você só se importa com você mesma! Você viu eu me distanciar e deixou. Você nunca fez nada por nós. Sempre fui eu, pelas duas.

– Júlia...
– Você nunca me amou nem metade do que amei você.
– Cala a boca. Já disse mil vezes pra você não falar por mim, você não sabe o que sinto.
– Não sei mesmo. E é isso que me dói. É isso que tem me corroído todo esse tempo, não sei o que você sente, acho que nunca soube...
– Chega disso. Chega. A gente não precisa disso.
– Ninguém precisa disso, aliás ninguém merece isso. Você teve um caso com uma vagabunda e voltei pra você. Traí você lá no acampamento e, mais uma vez, você me traiu com a Raquel e ainda me abandonou lá. Fui traída duas vezes. Que eu saiba, né... Vai saber quantas mais existiram.
– Júlia, para com isso. Chega, que inferno! Eu errei. Errei com você e infelizmente não dá pra voltar atrás e corrigir tudo, sei que a culpa do nosso fim é minha. Sei que eu sou uma grande filha da puta. E estou tentando lidar com isso. Eu amo você também, e não é fácil admitir que machuquei tanto uma pessoa que eu amo. Mas não dá pra voltar atrás. Tá feito. E antes que a gente se machuque mais, é melhor pararmos essa gritaria por aqui. Vamos recomeçar separadas. Você vai tocar sua vida e eu, a minha. Quando nossos ânimos estiverem mais calmos a gente tenta sentar e conversar como duas pessoas civilizadas. Vou pedir pro Gui buscar o resto das minhas coisas.

Ela se levantou e foi em direção ao quarto, mas antes de fechar a porta, ela riu e disse:

– Tinha esquecido: quando você encontrou aquela calcinha no carro também não acreditou em mim. Nem pensou pelo menos um segundo que eu poderia estar falando a verdade.

Saí correndo do apartamento e imediatamente acendi um cigarro. Ela estava certa, achei que ela tinha me traído, e nada mais me passou pela cabeça. Só isso. Meu Deus, sou uma monstra! Uma monstra primitiva que age sem pensar. Que não entende picas de sentimentos alheios.

Será que a Beatriz me condicionou a pensar que todos mentem? Como deixei isso acontecer? Como pude fazer isso?

Credo, estou me sentindo suja. Preciso de uma dose de álcool. Agora, já!

– Uma branquinha, caprichada, por favor.
Não, duas... Moço, quanto é a garrafa?

22

Sou a pior das pessoas do mundo inteiro. Meu nível de maldade poderia ser comparado ao assassino mais sangue-frio. Mentira, não sou uma assassina... de pessoas. Mas assassino sentimentos, mesmo sem querer.

Será que algum juiz me absolveria disso? Será que pecado existe? Vou pro umbral? Vou queimar no inferno? O que vai acontecer comigo agora? Qual é o próximo capítulo? Tomei metade dessa garrafa sozinha?

Mas quer saber? Os budistas dizem que somos responsáveis por tudo o que acontece com a gente. Então, se isso aconteceu, foi porque a Júlia permitiu. Nunca vi gente pra guardar tanta coisa pra si. Como ela conseguiu? Por que não explodiu, brigou, como qualquer outra pessoa normal faria?

Será que mereço outra chance de ser feliz? Será que ela é meu carma? Será que tô errada? Ou certa?

Tudo bem, estava insatisfeita, mas sempre a amei e sempre tentei dar meu melhor pra ela. Sempre. E ninguém pode me acusar do contrário. Não mesmo.

Tive um caso? Tive. Mas depois percebi que não podia suportar a ideia de viver sem a Júlia e fiz por onde, tanto que essa ideia só é mais aceitável pra mim agora. Agora que definitivamente acabou. Já escureceu. E eu aqui tentando aceitar o fato de que sou um monstro. Celular.

Tô ouvindo um celular tocando, será meu? É, é meu.

– Alô? Quem é? Oi, Gui, alguém já te falou que você parece minha mãe? Onde eu tô? Tô aqui, e você? Aqui é um bar, eu e a pinga. Quer falar com ela? Não, é uma garrafa. É minha única companheira, a única que aceita dividir a mesa com uma monstra, porque ela não pode correr, né? Credo, sou mesmo ruim, estou na companhia de algo que não pode fugir. Ai, meu Deus, Gui, sou uma pessoa horrorosa, eu tinha que ser apedrejada em praça pública, tinha que ser condenada a dez mil anos de prisão. Não quero ser eu. Alô? Gui?

Até ele fugiu de mim, desligou. Devo ser muito ruim mesmo.

– Ana?

Olhei pra cima com dificuldade e vi uma mulher bem bonita na minha frente. Peraí, conheço essa mulher.

– Posso sentar?

– Pode...

Ah, é a Ísis, agora sentada, reconheci.

– Tá bêbada?

– Parece?

– Só um pouco.

– Ufa! O que você tá fazendo aqui?

– Tava indo pra casa e te vi.

– Você está com azar hoje!

– Por quê?

– Porque você encontrou a pior pessoa do mundo, a pessoa que assassina a sangue frio o sentimento alheio, uma pessoa que nem devia existir.

– Credo! Chegou a essa conclusão bebendo essa garrafa?

– Não, bebi essa garrafa tentando chegar a uma conclusão diferente.

– É, meu pai sempre disse que a bebida é a pior conselheira.

– Seu pai deve saber o que fala.

– Às vezes. Mas, então, por que você é a pior pessoa do mundo?

– Desconfiei da Júlia e nem por um momento achei que ela pudesse estar falando a verdade. Só conseguia pensar que ela tinha me traído.

– Do começo: quem é Júlia?

– Minha mulher, quer dizer, minha ex-mulher. Acabamos de nos separar "oficialmente". Digo entre aspas porque nunca fomos casadas no papel, mas vivemos juntas por oito anos.

– Entendo. Mas antes de você ter achado que ela tinha te traído, ela já tinha feito isso antes?

– O quê?

– Te traído?

– Não.

– Então por que você achou que ela tinha traído?

– Não sei, não sei o que passou na minha cabeça. Estava muito cega. Mas acho que pensei isso porque a confiança foi quebrada. Eu a traí com a sua amiga, aquele rápido caso, sabe? E a Júlia me perdoou etc., mas mudou, ficou mais fria. E ela não era muito de falar as coisas na hora, ela guarda muito as coisas pra ela. Achei que a possibilidade de pagar na mesma moeda vivesse com a gente.

– Entendo. O que você fez não afetou só ela, mas afetou bastante você. A confiança foi quebrada mesmo.

– É, bem por aí. Achei que a qualquer momento a Júlia pudesse me trair por vingança, sabe?

– Bom, você sabe que nem todas as pessoas são vingativas, né? Algumas agem simplesmente por amor.

– Você é vingativa?

– Não, sou bem tranquila. Mas neste caso, no lugar da Júlia, não teria perdoado e muito menos passado todos os anos quieta.

– Também não teria perdoado e, por isso mesmo, acho que as coisas se agravaram, apesar de ter feito de tudo pra voltar com ela, que era o que eu mais queria. Não sabia como podia viver sem ela, com o passar do tempo não entendia como ela conseguia conviver com aquilo. Se eu que tinha traído, pensava constantemente nisso, imagina ela que tinha sido a traída?

– E depois você tentou conversar com ela sobre isso?

– Não, tinha muito medo de perdê-la. Achava que se tocasse no assunto poderia acontecer uma briga e então seria inevitável.

– Aí você errou. Quando percebeu a diferença dela, devia ter conversado. Aliás, não entendo casais que não conversam.

– Não entendo como a gente pôde empurrar com a barriga durante todo esse tempo. Sabe, não imaginava um dia sem ela. Não me imaginava longe dela, pensar nisso me dava muito medo. Mas pensei a respeito disso e acho que na verdade era um certo comodismo da minha parte, entende?

– Estar com ela era cômodo pra você? Mesmo sem amor?

– Eu a amava, não tanto quanto antes, mas amava. E era cômodo porque a gente se conhecia muito bem. Poxa, oito anos dormindo e acordando ao lado da mesma pessoa, faz você conhecer muito bem. E achava que só com ela eu estaria segura.

– E quando você deixou de amar?

– Não sei, mas hoje entendi que não tinha mais amor, pelo menos da minha parte. É como se o amor fosse pneu de carro. Você tem um pneu novinho, roda pra caramba, aí você vai percebendo que ele não é mais como antes, mas tudo bem, dá pra levar, afinal ele esteve com você ali sempre, você se sente segura com aquele pneu. Aí um dia, você olha pra ele e descobre que ele está careca, e você pode sofrer um acidente. Então decide que ele não pode mais estar ali no seu carro. Foi como nosso amor, que foi se acabando, acabando, e hoje entendi que não dava mais.

— Ana, se eu fosse comparada a um pneu de carro, odiaria a pessoa que fez a comparação.

— Que bom que a Júlia não está aqui, então.

— É, mas entendi o que você quis dizer.

Um pneu de carro. Ótimo, Ana. Daqui a pouco você vai estar comparando o sexo ao motor. De onde você tirou isso? Por que não diz que o amor se esgotou como um ótimo vinho depois de ter apreciado algumas taças? Pelo menos seria mais poético. Pneu de carro? Porra, Ana... Ah, foda-se, a Júlia nem tá aqui.

Meu celular tocando, será que é o... Não, é a Raquel.

— Oi, Raquel. Tô bem e você? Tô num barzinho aqui perto de onde eu morava. Tava bebendo, sim, mas acho que bebi demais, já parei. Pode. Tá, é só seguir reto dali do prédio, passando umas quatro quadras. Tá, beijo.

— Era uma mulher que conheci lá no acampamento, onde tudo deu errado e a Júlia me traiu.

— Ah, então ela realmente te traiu?

— Sim, viu, eu sabia. Acho que era sexto sentido.

— Sei, e essa moça que te ligou tava lá?

— É. Complicado. Como vou te dizer... Essa moça, Raquel, estava acampando lá também com o "namorado" dela, eles tinham uma relação aberta, sabe? Pode pegar qualquer um? E a Júlia me traiu com ele, e acabei traindo ela com essa moça.

— Nossa, sua vida é bem agitada, né?

— E tudo o que eu queria era ir pra Campos do Jordão, curtir um friozinho e uma lareira, acredita? Mas cedi à vontade da Júlia.

— Casamento é isso mesmo, ceder. Bom, Ana, não quero te criar problemas, já que a moça tá vindo, acho melhor eu ir embora.

— Que isso, imagina! Não tenho nada com ela, não vai causar problema algum. E outra, gostei de conversar com você. Fica mais, a não ser que você tenha que ir embora mesmo.

— Não, não tenho.

— Então, fiquei aqui contando sobre meu fracasso amoroso, e você me ouvindo. Mas não sei muitas coisas de você além do que conversamos ontem.

— E o que você quer saber?

— Das suas aventuras amorosas! Preciso ouvir algumas boas pra esquecer isso que eu tô vivendo.

— Sinto te decepcionar, mas não tenho nenhuma aventura amorosa pra contar. Meus relacionamentos com homens sempre foram muito tranquilos, e só fiquei com uma mulher, não chegamos a ter nada.

— Oi?

— É verdade, estranho, né?

— Tô passada, achei que ia ouvir boas histórias.

— Então, vou te confessar uma coisa que pode me fazer parecer idiota. Mas acho que você precisa saber. Ontem, saí com a Beatriz justamente pra conversar sobre você.

— Como assim, sobre mim?

— Ana, já tinha visto você várias vezes. Quando você ia na empresa atrás dela, você que nunca me notou. Na verdade, fico numa sala do lado da dela, acho que você nunca reparou.

— Nossa, não... Nunca.

— Então, eu sempre te vi. Mas não sabia que vocês tinham um caso, até desconfiava, mas não tinha certeza. A Beatriz nunca comentou nada comigo, ela nem sabia que eu gostava de mulheres. Faz pouco tempo que falamos sobre isso e ela me contou muitas coisas que já viveu, inclusive com você. Ela nunca disse que você era casada, disse que você tinha uma namorada, mas que a essa altura já deviam ter terminado. Falei pra ela que tinha me interessado e marcamos ontem de sair, porque ela ia me contar o que tinha acontecido entre vocês e falar um pouco mais de você. E, por coincidência do destino, você apareceu.

Gente, tô boba. Como assim ela sempre me viu? O que estava acontecendo comigo quando isso estava acontecendo com ela? Incrível como nessa hora percebemos que, realmente, o mundo não gira em torno da gente. Enquanto estamos lá vivendo nossa vida, existem pessoas reparando na gente, querendo simplesmente estar presente! Meu Deus, tudo estava tão certo. Tudo... Tudo o que sempre ouvi dos outros, aquelas historinhas, sim, todas estavam certas. O mundo acontece enquanto nosso mundo acontece. Coisas paralelas. Não sei se me sinto aliviada por isso ou não. Como uma pessoa pôde me ver durante tanto tempo e ficar calada? Como a Júlia conseguiu ficar calada tanto tempo? Por que as pessoas não falam? Porque tudo tem seu tempo, porque nada funciona como eu acho que deveria! Olha minha vida me surpreendendo novamente! Não sei absolutamente nada do roteiro da minha vida, estou cumprindo ordens, ordens do destino. Puta que pariu, por que tudo faz sentido agora? OK, minha cara agora deve estar um tanto estranha. Estou chocada pensando em tudo isso olhando pra ela e ela está parada olhando pra mim, sorrindo. Provavelmente ficaria sem jeito se pudesse ver ou ouvir o que estou pensando... Caracas!

– Oi

Ah, Raquel.

– Oi, Raquel, tudo bem? – levantei para abraçá-la e puxar uma cadeira – Essa é a Ísis, Raquel.

– Oi, tudo bem?

Me sentei e continuei olhando pra Ísis. Como ela me conta isso assim do nada? Sem nem me preparar antes, por que agora?

– Atrapalho alguma coisa? – Raquel notando minha cara pra Ísis.

– Claro que não – disse. – Só que a Ísis me disse algo, que não vem ao caso, mas que me chocou um pouco.

– Bacana. E vocês se conhecem de onde?

– Sou amiga de uma amiga da Ana – disse Ísis. Nos conhecemos ontem na verdade. Só estava voltando pra casa e a encontrei aqui, mas já estou indo embora.

– Tudo bem.

Não consegui reagir. Vi a Ísis se levantando, pegando sua bolsa e até me acenando, mas não consegui me mover, não consegui retribuir, nem mesmo dizer qualquer coisa.

Raquel, enfim, começou a me tirar da nuvem negra.

    Contou que o cornão ainda não havia lhe dado sinal de vida e que ela está bem melhor assim. Fez algumas perguntas sobre a Ísis, mas realmente não tinha o que dizer, havia conhecido um dia antes e, claro, não devia qualquer satisfação pra Raquel. Por que falei pra ela ir pra lá? OK, Ana, não seja chata, ela só está tentando ser legal. Para de pensar na Júlia, na Ísis e se concentra na Raquel! Aliás, seu mal é esse: está sempre com algo na frente, mas pensando em outra coisa. Viva o presente.

Que mulher chata eu me tornei. Quando fiquei assim e por quê? O que é tão errado? O que está tão fora do lugar? A Júlia, esse turbilhão de emoções, essas férias vazias, a tentativa fracassada de viajar.

Como pode estar tudo bem quando está tudo errado? Cadê aquelas preocupações do dia a dia pra me distrair?

Será que não sou nada sem o dia a dia? Pra que então eu queria tanto tirar férias? Acho que minha crise dos 30 está adiantada. Devia ter ido ao escritório hoje. Por que não fui? Raquel, se concentra na Raquel. Será que ela sabe que estou aqui apenas em corpo? Que minha mente, na verdade, não para de fazer perguntas e pensar em coisas desconexas?

Afinal, o que preciso fazer pra me sentir menos horrível?

– Raquel, desculpa. Estou péssima e não ouvi nada do que você estava falando.

Acho que um pouco de sinceridade não faz mal a ninguém, será que pareci grosseira?

– Tudo bem, Ana. Percebi, acho que hoje não é seu melhor dia, né?

– Com certeza, não.

– E tem algo que eu possa fazer pra você se sentir melhor?

Ela disse isso me olhando como quem quer seduzir. Porra, será que ela não vê que eu tô mal? Que graça tem seduzir alguém que está mal? É a mesma coisa que pegar uma bêbada. Mas quer saber? Ela nem deve imaginar como me sinto, já que ela está tão feliz de ter se libertado do... Gustavo.

– Não, Raquel, estou realmente mal. Não acho que alguém possa me ajudar agora.

– Você estava assim com a Ísis também? Afinal, o que ela disse que te chocou tanto?

– Raquel, olha, desculpa. Realmente preciso ir embora, hoje não é um bom dia pra nada. Ainda mais depois do que ouvi dela, que realmente não vou te contar. Você se importa que eu vá pra casa?

— Me importar, me importo, claro. Mas é melhor do que conversar com alguém que não está sequer ouvindo o que estou dizendo.

— Obrigada pela compreensão, juro que assim que eu melhorar, te ligo.

Me despedi da Raquel e corri pra casa, quer dizer, minha casa temporária, a do Guilherme.

Eu sou um blefe. Estive sendo algo que não sou. Olha como terminei com a Júlia. Olha como fui egoísta e covarde. Como se desse pra encerrar oito anos em uma discussão de quinze minutos, aos berros. Estou certa de que é isso que quero, mas eu não tinha o direito de terminar tudo o que vivemos dessa forma. Não a respeitei, simplesmente vomitei tudo o que tinha pra dizer, falei o que quis, ouvi o que não quis e saí correndo como um rato que abandona o barco antes que ele afunde. Não posso deixar a Júlia afundar sozinha nem permitir que aquela que conviveu comigo durante tantos anos, que esteve presente em todos os meus momentos felizes e tristes, fique assim desacordada, dentro de um barco afundando. Como faço pra sair dessa situação, pra parecer menos pior pra Júlia? Não que eu me importe com a imagem que estou passando pra ela, eu me importo mesmo é com ela. O Kid Abelha canta "Não se desama dando um mero tchau", e foi exatamente isso que eu fiz. Mandei ela calar a boca, gritei com ela, disse que tudo acabou e pronto. Como se fosse um show bizarro de horrores com a mulher que mais amei e que menos merecia isso de mim ou de qualquer outra pessoa.

Também não posso somatizar todas as culpas, ela também fez as coisas tomarem esse rumo. Ela nunca conversou sobre o que aconteceu entre mim e a Beatriz, nunca disse que tinha medo que eu a abandonasse de novo. Que medo ridículo! Jamais faria isso com ela. Odeio pessoas que dizem que se uma pessoa fez uma vez fará várias outras. Cadê aquele lance de erro e acerto? Quando nos vemos ameaçados e percebemos o quanto nos custa certo erro, nós mudamos. Fazemos de tudo pra não errar de novo. E ela se calou durante todo esse tempo e, no final das contas, disse que me traiu como forma de pedido de socorro. Então por que me disse todas aquelas palavras? Por que escreveu aquele bilhete? Se era pra me virar a cara algumas horas depois, não faz sentido.

Nós fingimos. E se é isso que fazemos de tão bem, então eu e a Júlia nos superamos em prol de nada. Fingimos por nada, para terminarmos assim, e eu com uma baita dor na consciência, sem saber como remediar essa situação.

Não acreditei nela. Encontrei uma calcinha dentro do carro e pra mim foi bem mais fácil pensar que ela havia me traído.

Será que isso é uma crise? Aquela da qual sempre rimos porque nunca tivemos? Mas se nem sabemos o que é uma crise, como podemos ter certeza de nunca a ter vivido? O que passamos por causa da Beatriz não foi uma crise, foi? Se tivesse sido uma crise teríamos passado por tudo juntas, mas passamos separadas. Se em todo esse tempo pensei nisso e ela também, nossas brigas diárias se tornaram ainda mais frequentes pela omissão. Então quer dizer que durante todos esses anos estivemos em crise? Estou confusa agora quanto a isso e não sei por que é tão importante pra mim definir o que é uma crise.

O fato de não ter acreditado nela é o que mais me preocupa porque, por mais que pense em outras coisas tão horríveis quanto essa, essa sempre acaba voltando aos meus pensamentos. Não ter acreditado nela pode revelar muitas coisas sobre mim, talvez tenha medo de enxergar. Quem dentro de mim está me sabotando? Um outro eu, meu subconsciente? Devia ter lido mais sobre as teorias de Freud. Aliás, devia ter conversado mais com a Flora sobre isso.

Flora é uma amiga um pouco mais velha, que tem ideias muito avançadas sobre tudo e todos. Era capaz de entender uma pessoa apenas de olhar pra ela ou trocar duas palavras. Nunca errou e realmente sabia o que falava, adorava citar alguns pensadores, músicos, amigos e principalmente seu pai. Incrível como algumas pessoas realmente têm sorte por ter uma memória impecável, gostaria muito de me lembrar de tudo o que ela já me disse, mas minha memória é péssima, ou talvez seja seletiva, bloqueada. Mas me lembro muito bem dela dizendo: "A vida é cíclica, nada é permanente" e de certa forma isso me conforta um pouco. Saber que tudo isso vai passar. Talvez eu não ria de tudo isso, não sou sádica, mas talvez diga pra mim mesma: "Esquece Ana, já passou". A Flora realmente saberia me dizer uma palavra confortante nesse momento. Faz falta a sabedoria e a memória incríveis dela aqui. Seus incensos também... Acho que agora ela deve estar pela Índia, incomunicável. Um dia assistimos o filme *Comer, rezar, amar*, ela se encantou pelo roteiro e decidiu fazer o mesmo. Faz três anos que não vejo a Flora, mas ouso dizer que se ela me ouvisse perguntar por que não acreditei na Júlia, ela diria: "Porque você não quis e agora não adianta se culpar, ela já deve estar fazendo isso por você".

Sim, porque não quis. Mas por que eu não quis? Por que fui tão egoísta? Porque era mais cômodo. Pronto. Esta é a conclusão final. Eu, como uma boa leonina dona da verdade e preguiçosa, achei que essa era a melhor opção. Estou arcando com as consequências agora, com essa dor na consciência que não existiria se ela não tivesse me jogado na cara, e ela não teria jogado na minha cara se eu não tivesse gritado com ela e terminado de uma hora pra outra uma relação de oito anos. Mas e ela? O que será que está passando agora pela mente dela? OK, isso não é relevante. Mas preciso fazer algo para tornar esse término menos traumático, melodramático, lésbico. Merecemos um fim muito digno. O Guilherme poderia me aconselhar agora se ele não estivesse por aí vivendo a vida dele exatamente como ele deve fazer.

Sabe o quê? Vou ligar pra Júlia! É isso que vou fazer, vou tentar conversar com ela e dessa vez colocar os pingos nos is. Nada de voltar atrás, mas apenas dar um fim mais decente em respeito à história que tivemos. Ela merece isso, nossa história merece isso; e como não mereço, sou eu quem deve tentar corrigir.

Enquanto digitava os números do celular da Júlia, ficava pensando se faria isso muito mais vezes, como fiz durante oito anos, ou se aquela seria uma das últimas vezes, tal como entrar na casa dela. Não sei por que isso me parece tão importante. Saber se é só mais uma vez ou se é a última vez. Essa minha mania de ficar tentando prever o futuro ainda pode acabar comigo ou me fazer encontrar uma solução. Se for mesmo a última vez que ligo pra ela... Bom, não sinto nada em relação a isso, vai ver que é porque estou sendo racional e sei que pode não ser de fato. Se tivesse alguma certeza de que é realmente a última vez, poderia saber se isso de fato não me afeta em nada ou se me deixa triste.

Ela atendeu com uma voz de sono, talvez estivesse dormindo mesmo ou apenas pensando na vida, amuada.

– Alô, Júlia? Precisamos conversar.

– Acho que não temos mais nada pra conversar, você foi bem clara da última vez que esteve aqui.

– Sim, mas precisamos, de verdade. Posso ir aí amanhã de manhã?

– Não sei, Ana. Não sei se é uma boa ideia, a gente pode se machucar mais, é melhor deixar do jeito que tá.

– Não, não vamos nos machucar mais. Por favor, é importante pra mim.

– Não deu certo com a Beatriz, por isso tá me ligando?

– Por favor, esquece essa mulher.

– Isso é impossível.

– Então só não coloca ela no meio de todas as nossas conversas.

Júlia não respondeu. E fiquei em silêncio também, esperando que ela dissesse alguma coisa, mas não disse nada.

– Júlia, amanhã de manhã vou aí, tudo bem?

– Tá.

Desligou.

Pensando por outro lado, será que não é assim que deve acabar nossa história, e estou fazendo uma tempestade num copo de água? Afinal, todas as histórias acabam um dia. Mas também existem os casais que são pra sempre. Talvez tudo isso tivesse que acontecer, pode ser uma onda que vamos atravessar juntas ou pode ser uma onda que vai virar o barco e nos separar. Por que é tão difícil assim? Que lição devo tirar de tudo isso? Será que é alguma coisa muito óbvia, por isso não enxergo com clareza? Será que é algo mais complexo e ainda preciso viver mais experiências para então entender esta?

Mas essas experiências não precisam ser necessariamente amorosas. Posso começar a frequentar novos lugares, fazer novas amizades, enfrentar novos desafios e, falando nisso, preciso ir à agência ver como estão as coisas por lá. E, pensando no que conversei com a Ísis... Acho que preciso conversar com ela de novo, realmente gostei do que ela me fez pensar. Amanhã vou conversar com a Júlia. Deus, será que tudo o que faço é conversar? Preciso me permitir mais. Preciso descobrir algumas maravilhas que estão dentro de mim e espalhadas por aí. Preciso de um tempo comigo, mas preciso tanto de uma luz. Estou tão perdida e cansada de tudo.

Enquanto estava perdida entre meus pensamentos, o Guilherme chegou e parecia estar com uma cara triste. Pedi pra ele sentar comigo e me contar o que estava acontecendo.

– Estou triste por vocês. Acabei de vir da casa da Júlia e ela não está nada bem. Parece que vocês realmente se machucaram dessa vez.

– Você tava lá quando eu liguei?

– Tava. Por incrível que pareça ela ainda tem esperanças, mas ela tem medo. E acho que esse medo virou um escudo pra ela.

– É...

– Você pretende voltar com ela ou está decidida no ponto final?

– Estou decidida no ponto final, só queria dar um fim digno pra gente. Ela merece.

– É... Bom, vou tomar um banho e sair. Vocês estão se separando, mas eu estou só começando.

– Mentira! Um encontro? Arrasa!

Acho melhor dormir e parar de pensar, quem sabe assim amanhã acordo com a cabeça no lugar e as coisas começam a acontecer ao meu favor?

Acordei com a mente mais relaxada. E tentei não pensar em nada do que estava acontecendo, pelo menos não no café da manhã. Precisava fingir que tudo estava bem e que aquele seria um dia normal na minha vida, independentemente das circunstâncias dizerem o contrário. Abri meu e-mail pra ver como as coisas na agência estavam e parecia tudo bem. Claro, com algumas coisas para resolver, mas isso faz parte do dia a dia, nada de relevante.

Tomei banho, me arrumei e fui à casa da Júlia. No caminho,

observei de outro modo a rua, as pessoas, as casas, os cães, gatos, passarinhos. Percebi algo que há muito tempo não percebia. A vida existindo em todos os lugares, em todos os seres. Senti o vento soprando e o calor gostoso do sol. Estava de bom humor, pois até me peguei sorrindo no meio do caminho. Enfim cheguei ao prédio no qual vivi por tantos anos e nada senti de diferente, apenas uma saudade boa, porque aquela não era mais minha casa. Toquei o interfone, subi e a esperei abrir a porta. Não sei se era a luz da manhã, se era minha mente relaxada ou se ela tinha feito algo, mas a Júlia estava incrivelmente sensual. Não que ela já não fosse, mas ali, naquele momento em particular, diria que estava irresistível. Entrei e me sentei no sofá, esperando que ela também tomasse seu lugar para enfim conversarmos. Vi que tudo o que ela fazia estava um pouco mais demorado, em algum momento cheguei até a pensar que estava sonhando, pois nada ali estava de acordo. A Júlia, seus movimentos, a casa... Bom, ela deve ter mudado alguns quadros de lugar. Ela sentou na poltrona de frente pra mim, cruzou as pernas e me sorriu um sorriso forçado enquanto acenava para que eu começasse a falar.

– Então, Ju, vim aqui pra gente conversar melhor, da última vez não conversamos, apenas discutimos. E não acho que esse seja o melhor meio de ajustar as coisas. Nossa relação não merece isso, nem você. Então, por favor, só quero que você receba o que tenho pra te falar com a cabeça aberta e sem brigar.

Ela não disse nada, apenas levantou a sobrancelha e acenou para que eu continuasse. Acho que estava calma, pelo menos não percebi nada que me dissesse o contrário.

– Chegamos ao fim, você sabe. Mas chegamos ao fim da nossa relação, ainda existe amor. Muito amor, muito carinho, mas individualmente. Acho que não estamos mais acertando em trocar esses sentimentos entre nós. Não quero falar do passado, não quero falar sobre o que nos levou a isso. Só quero falar do presente. Eu te amo muito e devo tudo o que conquistei e a mulher que sou hoje à você, que por todos esses anos esteve ao meu lado, me apoiando e me amando. Quero te agradecer por tudo o que tivemos e prometer que você sempre me terá como amiga.

— Foi o que imaginei que você fosse dizer. Mas acho que não precisávamos desse encontro pra isso. Acho que você não percebe, mas nossos papéis aqui não são nem um pouco parecidos. Você está terminando com alguém que você sabe que não ama mais e estou recebendo isso como alguém que ainda ama você.

— Mas ainda te amo também, só acho que não devemos mais levar nossa relação adiante porque não sabemos como fazer isso, entende? Já nos machucamos tanto, pra que mais?

— Você está certa. Não estou dizendo o contrário, só estou tentando te mostrar que pra mim é muito difícil – as lágrimas começaram a escorrer no rosto de Júlia e meu coração foi ficando menor a cada lágrima. — Sempre achei que eu poderia consertar nossa relação, que sempre ia ter um remédio pra gente. E agora vejo que não. Realmente não tem. Mas, como dizem, ninguém morre de amor. E pode ficar tranquila, sei que você está fazendo apenas o que deve ser feito.

— Fico feliz que você possa me entender e aceitar minhas palavras mesmo que doam pra você.

Levantei pra ir embora e ela se levantou também, pensei que era apenas pra abrir a porta pra mim, mas em vez disso, ela me surpreendeu com um abraço. Um abraço apertado ao qual retribuí e, passando as mãos nos cabelos dela, prometi que sempre estaria perto dela e que jamais deixaria lhe faltar nada. Apenas nosso casamento estava acabando, não nossa amizade, cumplicidade e tudo o que construímos ao longo dos anos. Perguntei se ela queria que eu ficasse um pouco mais, mas disse que preferia que eu fosse embora, ela queria e precisava ficar sozinha.

Foi com o coração partido que vi a porta entre mim e Júlia se fechando e ouvi enfim o choro dela. Quis voltar atrás, abraçá-la e voltar pra ela, mas sabia que se fizesse isso estaria apenas adiando aquela cena. Porque nos separaríamos de novo. É tão ruim tomar uma decisão que magoa justamente quem mais amamos. Parece que é mágoa em dobro pra mim. Se esse término ferisse só a mim seria melhor, sofreria e depois me reergueria, mas também fere a Júlia, e eu não queria que nada disso acontecesse com ela.

Enquanto saía do prédio, ainda pensando sobre isso, fui andando em direção à agência. Chegando lá me senti em casa, mesmo com todas as caras de surpresa por onde eu passava e dizia "Bom dia". Claro que não esperavam que voltasse tão rápido. Me esperavam por lá apenas na semana que vem, mas como sempre... Mudei de ideia.

Foi a Cíntia, minha secretária, que veio ao meu encontro assim que entrei na minha sala. Ela me deixou a par e tudo o que estava acontecendo e disse que tínhamos algo pendente com um de nossos clientes e que só eu poderia resolver. Pra variar, o destino veio rir da minha cara mais uma vez, o problema era justamente com o cliente que a Beatriz representa. Cíntia se propôs a chamá-la para uma reunião, mas preferi ir pessoalmente ao escritório dela, assim poderia aproveitar e encontrar a Ísis. Claro que essa segunda parte eu não disse à Cíntia. Pedi que ela marcasse uma reunião no escritório da Beatriz ainda naquele dia, o mais rápido possível, e foi o que ela fez. Dentro de uma hora teria essa reunião. Enquanto isso, fui dar uma volta pela agência e ficar por dentro de tudo o que havia acontecido durante minha ausência. Fiquei sabendo que um dos meus gerentes estava insatisfeito com um colaborador e fui saber um pouco mais à respeito. O motivo era tão fútil quanto se pode imaginar e não convém contá-lo aqui, já que seria motivo de um breve *pff* por parte do leitor. Mas o fato é que vi a necessidade de contratar um serviço de coaching, que pudesse trabalhar com a equipe toda e motivá-los da maneira certa, a fim de acabar com irritações por coisas bobas. Isso estava prejudicando a qualidade do trabalho e eu jamais permitiria. E afinal seria um investimento importante e que traria benefícios e mais foco no trabalho. Pedi à Cíntia que procurasse uma empresa especializada e cuidasse disso. Vi que foi fácil cuidar desse problema. Talvez eu devesse ir a um psicólogo. O que serve para empresa pode servir pra mim também. O fato é que enquanto eu divagava por entre esses pensamentos e arrumava o necessário, perdi a noção da hora e vi que se não saísse da agência naquele momento, perderia a hora da reunião com a Beatriz.

Peguei o carro de um dos meus colaboradores emprestado e fui o mais depressa que consegui. Assim que cheguei na recepção, procurei pela sala que a Ísis havia mencionado, ao lado da Beatriz e, pela cortina entreaberta, pude ver a Ísis trabalhando sem perceber que eu estava ali. Segui direto para sala da Beatriz, pois sabia que já me esperava. Chegando lá, resolvemos os problemas em questão de dez minutos e realmente era necessária minha presença para aprovar alguns papéis, algo que minha equipe não faria sem minha carta branca. Parecia algo bom para ambas as partes e aproveitamos para reajustar os valores dos serviços. Junto conosco havia mais duas pessoas, por isso, a Beatriz foi discreta, como se jamais tivéssemos nos conhecido além de salas de reuniões. Ao sair, não pude resistir, entrei na sala da Ísis, que ficou surpresa com minha presença e não escondeu um sorriso de alegria. Finalmente um sorriso sincero!

– Atrapalho?
– Que isso! Senta aí, você tava em reunião aqui?
– Tava, já acabou.
– Então veio só me dizer oi?
– E te chamar pra almoçar. Tô morrendo de fome!
– Nossa, nem vi a hora.
– Pois é, larga isso e vamos almoçar. Conhece algum restaurante por aqui?

– Claro.

Entramos no elevador sob o olhar de Beatriz, que deu uma piscada discreta enquanto a porta se fechava. Fiquei sem jeito, pensando se a Ísis tinha visto aquela piscada que significava muito mais do que estava acontecendo.

Ísis, para minha sorte, tinha duas horas de almoço. E o restaurante onde fomos era realmente perto do escritório dela, portanto, teríamos bastante tempo para conversar. Sentamos e fizemos o pedido, o restaurante em si não tinha nada de especial, mas me senti muito confortável. Será que a comida também é boa?

– Então, sabe que você me disse coisas que me fizeram pensar?
– É mesmo? Tipo o quê?
– Não pensar no que está acontecendo, mas pensar nas perguntas certas, sabe?
– Acho que não entendi direito.
– Você faz as perguntas certas, às vezes as coisas são tão óbvias que passamos batidos por algo que talvez seja o mais importante.
– Você acha isso? Mas por quê? Acho minhas perguntas tão naturais.
– Acho que sempre compliquei muito as coisas e de repente encontrar alguém que tem outra visão é diferente. O que você me faz responder é algo que ganha sentido quando eu digo, mais do que quando penso.
– Será que não é o caso de você procurar um psicólogo? Muita gente faz isso depois do término de uma relação e enxerga coisas que sempre estiveram ali e nunca notou.
– Não, acho que prefiro conversar com você. Mas não mais sobre meu relacionamento, por favor! Não quero te deixar pra baixo.

Ísis deu uma risada sincera. Incrível como eu não conseguia enxergar nada de falso nela, nem mesmo um olhar ou um gesto. Parecia aquelas mulheres-meninas, que conservam a inocência e a felicidade de algum modo que qualquer um gostaria de descobrir. Nossa comida chegou e enquanto almoçávamos, continuávamos conversando e, sim, a comida era fantástica. Soube que ela fazia corridas diárias de bicicleta antes de trabalhar e aos finais de semana ia sempre com um grupo de ciclistas para algumas cidades vizinhas. Achei incrível. Nem sabia que as pessoas faziam isso.

– Você não se interessa em pedalar?

– Até gostaria, mas meus hábitos não são nem um pouco saudáveis, acho que se eu desse três pedaladas já estaria cansada e sem fôlego.

– Isso é uma questão de costume, se você começar a cuidar do seu corpo e da sua saúde, não vai mais sentir necessidade de muitas coisas que estragam sua saúde.

– É, faz sentido. Mas é tão difícil começar, é algo a se pensar.

– Você pensa muito, Ana, e deixa as oportunidades passarem.

– Isso é uma intimação?

– Pode ser!

– Pra parar de pensar ou pra aproveitar as oportunidades?

– Os dois, ué!

– Que tipo de oportunidades?

– Todas que você tem deixado passar, tudo o que você lamenta não ter hoje e que podia ter tido no passado. Tudo o que você teria feito depois de um "Se eu soubesse".

– Você já pensou em trabalhar com propaganda?

Para minha surpresa ela já havia pensado nisso, e realmente acho que ela devia se arriscar, ou talvez virar psicóloga, quem sabe escrever um livro?! O fato é que a Ísis é uma mulher muito simples e isso faz que ela tenha uma visão um pouco melhor das coisas e pessoas que nos rodeiam. Quando pensamos demais, acabamos por perder a melhor parte, que é justamente aquela que não precisa pensar, apenas se deixar ir. Pensando nisso vi que eu e a Júlia realmente não estávamos em sintonia naquele acampamento e eu mal estava lá. Estava contrariada e não fiz nada para mudar. Isso eu já sabia, mas se tivesse visto as coisas de uma maneira mais simples, tentado encontrar soluções, por exemplo, deixar para conversar sobre a calcinha quando chegasse aqui, montar a barraca na área de pesca que tinha mais sombra e mais distante dos dois. Não encanar tanto com o que a Júlia estava usando, afinal ela sempre usou o que quis sem que eu opinasse e nunca me preocupei com isso. Tantas coisas que eu poderia ter descomplicado. Mas vai ver eu tinha que saber disso só agora e só por meio da Ísis. O destino tem um jeito maluco de nos dar um tapa na cara. Primeiro ele nos roda e nos deixa tontos, de olhos vendados, sem saber que direção seguir e depois nos dá um tapa na cara que não sabemos nem de onde veio. A Ísis foi meu tapa na cara.

– Você foi como um tapa na cara pra mim.

– É mesmo?

– É! Aquela história que você falou sobre me conhecer, eu mal imaginava. Nem sabia que podia haver alguém reparando em mim enquanto eu passava por todo aquele caos na minha vida, nem imaginava que as respostas para meus problemas poderiam ser tão simples.

– E você encara isso como um tapa na cara por quê?

– Porque parece que é pra eu acordar pra vida e deixar de viver da maneira que eu vivia, entende?

– Jamais te acordaria com um tapa na cara.

– Olha aí, tá vendo!

Rimos e pagamos a conta. Essas duas horas pareceram trinta minutos. A Ísis é o tipo de mulher que faz você querer sempre colocar uma vírgula e nunca um ponto final. Por que uma mulher assim está solteira? Qual é o problema das pessoas? Vai ver estão ocupadas demais com a vida medíocre, perdendo pessoas assim do seu lado numa fila de banco, numa padaria ou por meio de um amigo em comum. Exatamente como eu estava fazendo.

Deixei a Ísis de volta no trabalho, não sem antes trocar nossos números. Voltei pra agência e me sentia mudar. Comecei a reparar em coisas na minha própria agência que jamais havia reparado. Por exemplo, eu não sabia quase nada a respeito da vida das pessoas que trabalhavam comigo.

Em uma semana organizei meu tempo na agência para conhecer melhor todas as pessoas que trabalhavam comigo. Fiz todos os tipos de perguntas a eles: de onde vieram, por que vieram, o que faziam, o que viam de errado, suas sugestões, o que queriam para o futuro e como achavam que a empresa poderia colaborar para a realização de seus sonhos. Conversei com outros empresários a respeito de medidas de incentivo, como jantares, viagens, presentes etc. Além de ler muitos livros sobre isso. Realmente entrei de cabeça na vida de todos que estavam ali dia após dia me ajudando e que apenas admirava sem saber quase nada sobre eles.

Na semana seguinte, comecei a aplicar alguns modelos que deram certo em algumas empresas e em pouco tempo tive um time de gerentes que sabiam exatamente quais eram suas metas e não apenas o que eles ganhariam se as atingisse, mas também o que a empresa ganharia. Isso deu um novo gás e ditou um novo ritmo de trabalho na agência. Pessoas mais felizes e motivadas a desenvolver trabalhos com excelência e não apenas buscando prêmios, mas sim o melhor para aqueles que atendiam. Parece que comecei a valorizar o que realmente tinha importância e acabei contagiando a todos com o mesmo pensamento.

Na semana seguinte, enquanto fechava a agência num dia normal de trabalho, resolvi passar na casa da Júlia para ver como andavam as coisas. Ao abrir a porta ela pareceu bem surpresa por me ver.

– Passei aqui pra ver como você tá.

– Tô bem, voltei ao trabalho e tem me feito muito bem focar em algo.

– Cuidado pra não voltar a fugir dos problemas, Ju.

– Às vezes acho que é só isso que tenho feito.

– Você precisa procurar novas coisas, conhecer novas pessoas, novos lugares. Isso tem me ajudado bastante.

– Você não imagina o que tenho passado.

– Se eu puder te ajudar de alguma forma.

– Não. Conheci uma pessoa, mas não alguém com quem eu queira algo, sabe? Alguém só pra conversar, rir de vez em quando.

– Faz bem! Você precisa rir e se distrair.

– Você tá com alguém?

– Ju, não vejo como isso pode ser importante pra você. Mas não estou com ninguém. No momento estou me namorando – disse rindo –, e você devia tentar o mesmo. Se curtir pode ser ótimo pra autoestima. Você precisa se amar!

– É, eu sei. Bom, se você não se importa, tô de saída.

– Claro que não.

Saí do apartamento da Júlia com uma sensação de dever cumprido. Tudo bem que ela está mal, claro, faz poucos dias que terminamos, mas ela parece estar disposta a se reerguer.

Agora, andando pela cidade vejo o quanto perdi com meu jeito irritante, com minha mania de botar defeito em tudo e ver coisas onde não tem. Mas pensando na pergunta que a Ísis me faria agora – Por que você fazia isso? – acho que responderia: porque eu era insegura e achava que tudo devia ser melhor pra mim e acreditava que tinha uma vida perfeita e não podia aceitar erros.

Com certeza ela riria da minha cara. Mas é isso! É isso! Essa é a resposta. Esse é o motivo por eu ter me sabotado durante tantos anos. Não aceitava erros e queria sempre o melhor.

É, eu devia comentar com a Ísis que cheguei a essa conclusão. Ou melhor, tenho que conversar sobre isso com o Guilherme. Corri pra casa dele, que ainda estava sendo meu abrigo, e por sorte estava lá. Se arrumando para sair, mas estava lá.

– Gui, eu entendi! Entendi por que era tão infeliz.

– Ah é? Por quê?

– Porque eu queria sempre o melhor, não aceitava falhas, era insegura, ignorante.

– E onde a Júlia entra nisso?

– Não entra. Eu era infeliz sozinha, por isso tornava tudo e todos à minha volta igualmente infelizes.

– Mas a Júlia sempre foi feliz com você, com exceção da traição. Então você não a fazia tão infeliz assim, senão ela teria te dado um pé na bunda.

– Ela me confessou que estava infeliz, que tinha medo. É isso, Gui! Uma infeliz medrosa e uma insegura ignorante. Foi por isso. Tudo faz tanto sentido...

– Acho que você tá meio maluca. Você tá indo naquelas coisas budistas de novo?

— Não, Gui. Pela primeira vez tenho me feito as perguntas certas pra chegar às respostas certas.

— Acho que você tá diferente. Mas ainda não consigo ver se isso é bom ou ruim.

— Acho que não é com você que tenho que ter essa conversa.

— Já vai trair toda minha amizade, carinho e dedicação.

— Jamais! Só preciso conversar sobre isso com a pessoa que me fez chegar a essa conclusão.

— Só espero que essa pessoa esteja te fazendo bem e não te colocando um monte de ideia espiritualista na cabeça.

Ignorei completamente o que o Guilherme disse. Ele não conseguia entender porque eu não sabia explicar. Não foi com ele que comecei a conversar sobre isso e não consigo contar. São conclusões a que você chega sozinho. Pra ele, assim como pra todas as pessoas, não faz o menor sentido dizer de A até Z, sem saber o que inclui esse *até*. E é justamente esse *até*, esse miolo que faz toda a diferença. Liguei para Ísis e a convidei para tomar alguma coisa, ela aceitou prontamente. Eu acharia isso horrível antigamente, diria que é o tipo de mulher que diz sim toda hora e é "oferecida". Olha só como julgamos as pessoas, sem nem imaginar o que estamos fazendo ou mesmo o que estamos perdendo. E é tão difícil não julgar, temos essa pré-disposição a juntar alguns elementos e fazer dele algo bom ou ruim. Se eu não conhecesse a Ísis, com certeza não perderia meu tempo com uma mulher que parece táxi em dia de semana: sempre disponível. Mas agora agradeço aos céus por eu ter me libertado desse machismo.

Fomos a uma balada gay no centro da cidade, não me pareceu o melhor lugar pra termos uma conversa desse tipo, mas a Ísis insistia em ir. Ela disse que queria e precisava dançar, extravasar e, como eu não queria ser chata, resolvi acompanhar a contragosto mesmo. Mas, como já notei que quando faço as coisas a contragosto, me torno o ser mais irritante da face da Terra, decidi que nesta noite tentaria curtir e deixar que as coisas fluíssem sem querer controlar tudo. Também não havia motivos para isso, já que não estava acompanhada. Estava apenas com uma nova amiga.

Chegamos na porta e havia uma fila interminável, senti aquela Ana louca pulsando dentro de mim, querendo sair. Mas olhava pra Ísis e tentava relaxar, nem sei quantas vezes respirei fundo naquela fila e sei que em algum momento deixei transparecer minha cara de ódio. Até que não consegui mais me segurar.

— Vem cá, Ísis, esse é o tipo de casa que eles deixam as pessoas plantadas na fila pra dar a impressão de que está bombando pra quem passa, quando na verdade não tem ninguém lá dentro ou é um lugar realmente lotado?

— Costuma ser bem cheio mesmo.

— Tenho horror de muita gente num espaço pequeno, precisamos mesmo entrar?

— Ana, por favor. Só um pouco de paciência, já estamos quase entrando.

— Que bom, né, é o mínimo depois de quarenta minutos de fila.

— Para de ser assim.

Mais uma longa suspirada e enfim a fila andou, finalmente entramos e a casa estava mesmo cheia! Eu, com meu pânico de muita gente num lugar só, tratei logo de encontrar o bar, pois se tinha que ficar lá, ao menos que fosse bebendo alguma coisa. Não sei se a música estava mais alta do que o normal ou se já tinha me acostumado ao silêncio, mas juro que as pessoas lá dentro deviam ler lábios. Era impossível escutar alguma coisa.

Após pegarmos bebida, a Ísis me pegou pela mão e me levou para o segundo andar da casa, onde estava mais vazio e estranhamente a música era mais baixa. Sistemas de som: nunca vou entendê-los.

— Queria te contar uma conclusão importante a que eu cheguei.

— Agora?

— É, por isso queria te encontrar hoje.

— Ana, vamos esquecer os problemas só por hoje. Por que você não aproveita e dança?

A Ísis disse isso me puxando pra ela e balançando minhas mãos, juro que no lugar da frase dela, escutei um "Por que você não aproveita e me agarra?".

Será telepatia? Será que ela estava pensando nisso mesmo ou eu quem quis escutar? De qualquer forma não tomei nenhuma atitude. Nem poderia. Naquele momento Ísis era tudo o que eu tinha e jamais me daria ao luxo de perdê-la por uma atitude impulsiva.

– Vou dançar, mas é sério, preciso te falar a conclusão.

– Tá bom, Ana, fala!

– Fiquei me perguntando por que eu fazia aquilo, aquilo de ser tão irritante com a Júlia e com as outras pessoas. E entendi que eu era insegura e ignorante, achava que de algum modo minha vida era perfeita e que eu merecia apenas o melhor. Resumindo: eu não aceitava falhas.

– Sei. E por que você era insegura?

– Porque eu tinha medo de perder minha vida perfeita.

– E por que você achava que tinha uma vida perfeita, se não aceitava falhas?

– Porque a perfeição não permite falhas.

– E como você sabe disso?

– Ué, todo mundo sabe disso. Se é perfeito é porque não tem falhas.

– Sim, mas como você reconhece a vida perfeita?

– Quando você tá feliz?

– E quando você tá feliz?

– Quando tudo dá certo e nada dá errado.

– Você já provou do errado?

– Claro!

– Então fica feliz quando algo não dá errado?

– Sim, assim como todo mundo

– E se tudo dá certo sempre, você vive feliz?

– Sim!

– Então por que você reconheceu que era infeliz, já que tinha uma vida perfeita? Não consigo te entender.

– Você é algum tipo de guru?

Demos risada depois da minha pergunta, e a Ísis jurou que não. Mas é incrível como ela consegue fazer as perguntas certas e me fazer pensar. Aliás, jogar um holofote no óbvio e me fazer enxergá-lo, em vez de apenas vê-lo.

Claro que eu não tinha uma vida perfeita, caso contrário não seria infeliz nem teria feito a Júlia infeliz durante tanto tempo.

Pensar nisso me deu um calafrio, como se eu não tivesse provado da felicidade por um longo tempo e tivesse medo de saber como é. A propósito, temia que fosse impossível, já que o que mais vemos são pessoas dizendo que a felicidade não existe. Teria que conversar isso melhor com a Ísis, mas não ali. Ela realmente queria curtir a noite e eu precisava me divertir como há muito deveria ter feito, em todas as oportunidades que tive na vida, e que não foram poucas.

Sentei um pouco num dos bancos altos que ficavam no bar enquanto a Ísis dançava como se não houvesse amanhã. Ela vestia uma saia branca, uma blusa prateada de alça e salto, porém discreta e extremamente sensual. Com seus cabelos compridos e ondulados, acentuando ainda mais seu brilho, e um sorriso que não lhe saía do rosto. Me vi de repente, segurando meu copo de vodca praticamente intacto, porque não sentia vontade alguma de beber. Só de observá-la ali, tão... naturalmente feliz.

Não havia nada que eu quisesse fazer, a não ser ficar ali na posição em que eu estava, admirando a Ísis. Não queria participar da cena, não queria opinar no que via, não queria que terminasse logo nem que qualquer coisa mudasse. Pela primeira vez na vida, quis apenas estar ali, exatamente onde eu estava. Naquele momento não me passou pela cabeça como ela poderia ser solteira ou qual o motivo disso, também não pensei sobre o caso rápido que ela teve e que a vida amorosa dela não tem nada de interessante, não me despertou curiosidade nada que explicasse por que ela estava ali, dançando, na minha frente. A única coisa que me passou pela cabeça foi "Tudo isso está acontecendo porque tem que acontecer, independentemente de qualquer coisa".

Pedi mais uma vodca e finalmente tomei coragem de chegar perto dela e dar continuidade à noite, afinal não poderia ficar sentada ali pra sempre. Levei um copo pra ela e tentei acompanhar a dança dela, mas como se dança nas nuvens? Como arriscar passos sem sentir o chão? Meu copo continuava intacto, então resolvi beber um gole para ver se pelo menos conseguiria voltar pra terra. Enquanto dançava, olhei de relance para a pista de dança, embaixo de onde estávamos, e não acreditei no que vi. A Júlia, a mulher com quem fui casada por oito anos e de quem tinha me separado havia pouco mais de duas semanas, no meio da pista, beijando outra mulher.

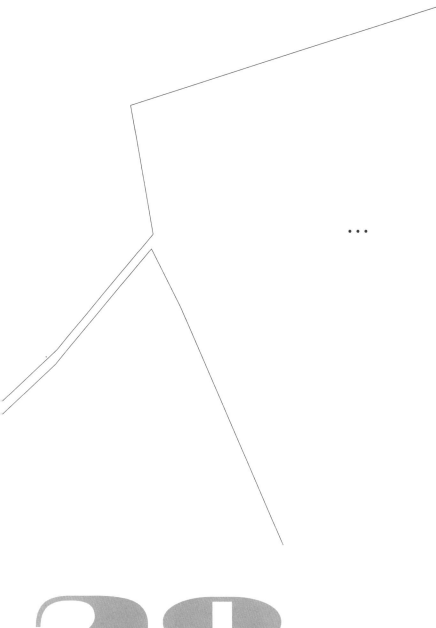

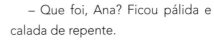

– Que foi, Ana? Ficou pálida e calada de repente.
– Vi a Júlia.
– Mentira! Aqui?
– É.
– E o que tem? Ela veio se divertir, assim como a gente.
– Ela tava beijando outra mulher.
– Sério?

Estava sem reação. Essas palavras saíam da minha boca sem sentimento algum, como se estivesse apenas respondendo perguntas que não tinham nada, mas, ao mesmo tempo, tinham tudo a ver comigo. Não era falta de sentimento, eram muitos sentimentos juntos e embaralhados. Não sei explicar o que senti. Não sei o que eu senti. Não sei em que estado fiquei, não sei a cara que fiz. Sei apenas que eu não conseguia parar de olhar aquela cena.

– Ana, você tá bem?

– Não sei.

– Quer ir embora? Claro que quer. Vem, vamos embora.

– Não. Não posso ir embora sem saber o que está acontecendo.

– Pelo amor de Deus, não vai fazer barraco, você sabe muito bem o que está acontecendo, você não para de olhar.

– Não, saber o que está acontecendo comigo. Não sei o que estou sentindo.

– A gente pode descobrir em outro lugar. Vem, vamos embora.

Ísis me pegou pela mão, descemos as escadas e fomos para fila pagar os dois copos de vodca. Enquanto esperava na fila, virei meu copo, porque pagar por algo que nem bebi é uma puta sacanagem. Dali de onde estávamos dava pra ver melhor a Júlia, mas ela não me viu. E isso foi um alívio. Não teria que lidar com ela, já era o bastante ter que lidar com aquela situação dentro de mim. Saímos e acendi um cigarro assim que pisei na calçada. Do lado de fora, conseguia respirar melhor e tragar aquela fumaça podre pra dentro do meu pulmão, como se aquilo me salvasse do que eu mesma desconhecia. Enquanto esperávamos pelo táxi, a Ísis tentava me acalmar, dizendo que meu relacionamento com a Júlia tinha acabado, que eu mesma tinha posto o fim e, recente ou não, ela tinha o direito de continuar a vida. Aquilo não queria dizer que ela não me amava, que talvez tivesse sido só uma besteira.

Enquanto ela falava, fiquei me perguntando por que me achei um monstro por ter dado um ponto final, sendo que, pelo jeito, fez tão bem a ela. Em questão de dias ela já estava praticamente dentro de outra mulher naquele beijo que eu bem conheço. Me virei para frente da balada, onde havia a área de fumantes, e vi a Júlia ali, naquele espaço, sem cigarro na mão, olhando fixamente pra mim. Vi seu olhar ir direto pra Ísis e foi como se eu previsse uma avalanche. Não deu tempo de dizer ou fazer nada, ela pulou a cerca baixa e já veio gritando há cinco metros de distância.

– Não acredito que você está aqui, você sempre odiou baladas, nunca quis vir comigo e de repente você está aqui com outra!

– Júlia, eu não quero brigar, tô indo embora.

– Claro que você tá indo embora – deu uma risada alta e debochada – Mas primeiro você vai me apresentar sua nova *amiga*.

– Não vou te apresentar ninguém, estou indo embora e o segurança está vindo te buscar porque você pulou a área de fumantes pra vir gritar comigo.

– Se você soubesse o ódio que eu tô sentindo de você agora. Você não presta mesmo, nunca prestou – apontou pra Ísis e gritou – Ela vai te trair, viu?! Pode esperar. Ela me traiu e mentiu, mal sentiu remorso. É isso que ela faz.

– Não tenho nada com ela Júlia, não vou trair ninguém, você tá fazendo barraco à toa.

Ísis me puxou pra junto dela e pediu que não discutisse, que provavelmente a Júlia estava bêbada e não valia a dor de cabeça.

Os seguranças vieram e puxaram a Júlia de volta pra área de fumantes, e o táxi nunca chegava. Foi quando ela gritou:

– É assim que você tá vivendo sua perfeita vida nova sem mim, né, Ana? Com uma vagabunda na balada.

Eu já tinha me segurado muito, já mal me reconhecia, tinha exercitado uma paciência que não tinha. Mas chamar a Ísis de vagabunda, explodiu alguma coisa dentro de mim. Gritei de volta, enquanto andava em direção a ela:

– Vagabunda é você que se faz de coitada, diz que seu mundo acabou e depois de uns dias tá beijando outra mulher na balada.

Você não merece nenhum crédito meu. Você não merece nada de mim. Eu tava me achando um monstro por ter terminado contigo, mas pelo visto esse término foi a carta branca pra você começar bem rápido um novo relacionamento.

– Que novo relacionamento? Não tenho nada com ninguém.

– Ainda, né, Júlia? Porque eu vi você lá dentro beijando essa mulher – apontei pra mulher que estava fumando ao lado dela. – Ou você vai dizer que tô vendo coisa?

– Ah, e eu não tenho o direito de continuar minha vida?

– Você pode, e eu não? É isso?

– Você faz o que quiser da sua vida, sua mentirosa!

A Ísis foi até lá me puxar novamente pra avisar que o táxi tinha chegado. Estava caminhando com ela em direção ao táxi. Quando ainda não vencida, a Júlia gritou:

– Isso, vai pra um motel agora. Vai terminar o que você começou.

Olhei pra Ísis, ela me sorriu e pediu que eu entrasse no táxi, mas para minha surpresa ela não veio atrás de mim. Ela voltou, foi até a Júlia e disse:

– Vamos parar com essa baixaria?! Pra onde a gente vai não é da sua conta. Vocês não têm mais nada, você estava com outra aí dentro. A Ana viu e preferiu ir embora em vez de dar esse show que você está dando. Então fica aí curtindo sua balada e vê se não dá mais vexame.

A Ísis entrou no táxi e ainda pude ouvir alguns berros da Júlia, mas não consegui entender. O taxista perguntou pra onde iríamos e a Ísis me olhou com cara de interrogação. Dei meu endereço provisório: a casa do Guilherme.

Durante todo o trajeto do táxi fomos caladas, precisava entender tudo o que havia acontecido, e a Ísis sabia disso. Essa com certeza era a mulher que a Júlia disse ser a nova amiga. Mentiu dizendo que não tava rolando nada. Na verdade, omitiu a parte mais importante da história, o gancho, o clímax, o ponto alto e, considerando que é jornalista, no mínimo ela devia ser presa por isso!

Como se descreve a sensação de não sentir os pés no chão e segundos depois sentir-se caindo num abismo? Como se distingue sentimentos quando vêm todos misturados, embolados numa coisa só? E a Ísis nessa história toda, o que será que ela tá pensando? Olhei pra ela. Estava com uma cara muito séria.

– Ísis, você tá bem?
– Uhum.
– Mesmo?
– Tô pensando só.
– Pensando o quê?
– Pensando como a vida é surpreendente, nunca passei por uma situação dessas.
– No seu lugar, no meu ou da Júlia?
– Nunca estive em nenhum dos lugares. É tudo muito estranho pra mim.
– Me desculpa, não sabia que a Júlia faria isso.
– Você não me deve desculpas, eu era muito besta mesmo de achar que a vida é simples. Você me mostrou quão complicada ela pode ser.
– Caguei tudo, né?
– Tudo o quê?
– Ah, sei lá... Sua noite, nossa noite...
– Não, você não cagou nada. Você não teve culpa.

Achei melhor não estender aquela conversa, porque tive culpa, sim. Se não tivesse ido com ela, se não tivesse ficado tão retardada quando vi a Júlia, nada disso teria acontecido. Não devia ter respondido nada, não devia ter gritado com ela, não devia nem ter saído de casa. Não devia nada. Não devia.

Chegamos à casa do Guilherme, fiquei sem jeito de perguntar se a Ísis ia descer comigo lá ou se ia seguir pra casa dela. Mas antes que pudesse perguntar, ela desceu do táxi e ficou me esperando. Paguei o táxi e subimos.

Com tudo apagado, deduzi que o Guilherme não estava em casa, provavelmente estaria com algum boy pela cidade, curtindo a vida sem nenhum problema na cabeça nem ex pra aparecer de repente. Enquanto pegava algumas cervejas pra gente na geladeira, disse pra Ísis ficar à vontade. Mas a resposta dela veio bem no meu cangote.

Quando me dei conta ela estava atrás de mim, com o queixo apoiado no meu ombro, olhando para as cervejas que eu estava pegando. Fiquei estática, não sabia como reagir, o que falar nem fazer pela segunda vez na mesma noite. Por que nós, mulheres, nos permitimos emudecer?

– Que foi, Ana?
– Nada, é que eu pensei que você estivesse na sala.
– Você se importa que esteja aqui? Disse ela me virando carinhosamente pra ela.

Cara a cara com ela e assim tão perto, não conseguia pensar em nada. Na verdade sim, pensei "Foda-se a Júlia" e beijei a Ísis. Foi um beijo cheio de vontade, afinal a Ísis já me olhava e acabei me envolvendo com ela nesses dias que nos conhecemos melhor. Não dá pra negar, ambas queríamos e muito.

Nem abri as cervejas, deixei em cima do balcão e levei a Ísis para o quarto em que eu estava hospedada. Obrigada, Deus, por meu amigo morar sozinho num apartamento de dois quartos, obrigada mãe do Gui, por estar sempre visitando ele e precisar de um quarto só pra você. Obrigada a todos que permitiram que esse momento acontecesse.

A vontade era tanta que ao tirarmos nossas roupas, ouvi um barulho de tecido rasgando, impossível saber de que roupa veio, mas não tinha a menor importância. Acho que transamos por umas duas horas sem parar e só paramos mesmo porque ficamos exaustas. Ai que saudade da minha juventude.

– Obrigada – disse Ísis me olhando com um olhar terno.
– Obrigada por quê?
– Pela minha primeira vez.
– Nossa – fui tomada por um susto. – Como assim? É verdade! Foi sua primeira vez com uma mulher!
– E foi ótimo.
– Esqueci completamente, senão teria sido muito mais romântica. Desculpa.
– Foi ótimo do jeito que foi. Se tivesse sido mais romântica, teria estragado.
– Mais romântica?
– É! Você foi um amor.

Será que fui? Não faço ideia. Na minha cabeça só tentei proporcionar prazer às duas. E não sei se era o fogo rolando, mas ela não me parecia tão inexperiente assim. Vai saber...

– Não parecia ser sua primeira vez.
– É? Estava fazendo o que sentia vontade.
– Sua estreia foi ótima, leonina.

Meu celular tocou. Quem liga pra alguém essa hora? Guilherme!
– Tá em casa?
– Tô.
– Sozinha?
– Não.
– Ai, cacete.
– Por quê?
– Tô com a Júlia e não consigo controlar a moça.
– Onde você tá?
– Aqui embaixo.
– Ai, Guilherme, não me fala isso. Não deixa ela subir, vai rolar outro barraco.
– Se tranca no quarto, apaga a luz e não faz barulho. Ela vai subir pra ir ao banheiro, vou dizer que você não tá em casa.

Coloquei meu celular no silencioso e expliquei rapidamente a situação pra Ísis. Apagamos a luz, trancamos a porta e ficamos quietas.

Ouvi a voz da Júlia assim que a porta abriu.

– Você tem certeza que ela não tá aqui, Gui?

– Tenho.

Ouvi a porta do banheiro, meu coração disparado. Não tinha nem condições de olhar pra Ísis porque nunca imaginei que passaria por uma cena dessas, não sabia nem o que eu devia estar sentindo, além do meu coração batendo forte. Ela saiu do banheiro.

– Você quer que chame um táxi pra você?

– Não, quero que você me explique o que sua amiga, que odeia baladas, estava fazendo em uma e com outra mulher.

– Júlia, ela estava fazendo a mesma coisa que você.

– Mas eu sempre gostei, sempre pedi pra ela ir comigo e sempre escutei a mesma resposta: "Não gosto". Ela não gostava era de mim, de estar em qualquer lugar comigo.

– Olha, Júlia, acho que você precisa é se acalmar. Vou chamar um táxi pra você, você chega em casa, toma um banho gostoso, descansa e amanhã, se for o caso, vocês se encontram e resolvem essa situação.

– Não tem nada pra resolver, Gui, ela tá solteira. Do jeito que ela queria. O problema é que não é do jeito que eu queria.

– E aquela mulher que estava com você quando te encontrei?

– Ela tava comigo lá.

– Então as duas estavam acompanhadas na mesma balada?

Ouvi sussurros impossíveis de decifrar. Olhei pra Ísis, e ela estava olhando pra mim com um olhar muito triste. Queria falar com ela, mas não enquanto a Júlia não saísse de lá. Ouvi a porta bater e continuei em silêncio durante o que pareceu uma eternidade. Até que ouvi o Guilherme batendo na porta.

– Pode abrir, ela já foi.

Gritei pra ele que já ia abrir e me virei pra Ísis, pra finalmente perguntar por que ela estava com aquela cara.

— Acho que fizemos errado, Ana. Estou me sentindo mal nessa situação. Acho que estou interrompendo a história de vocês.

— Mas não existe mais história Ísis, a gente já terminou.

— Você não viu a cara que você fez quando viu a Júlia lá na balada, beijando outra.

— Que cara eu fiz?

— Não sei explicar, mas com certeza você não estava pronta pra ver aquilo e isso quer dizer que você ainda gosta dela.

— Ísis, é claro que ainda gosto dela. Nós vivemos juntas por oito anos, não oito dias. Tenho um sentimento muito forte e especial por ela, mas que não me faz querer continuar a relação.

— Não sei, Ana. Ouvir ela falando assim de você, tão inconformada. Mexeu comigo. Como se eu estivesse errada.

— Você não está errada. Para com isso!

Ela ficou me olhando e não disse mais nada. Também não insisti na conversa, fui ao quarto do Gui falar com ele. Saber como a Júlia tinha ido parar ali, há uma porta de distância de mim.

Antes que eu pudesse dizer qualquer coisa, ele já fechou a porta e começou em tom baixo:

— O que ela me falou é verdade? Você estava com aquela outra mulher espiritualista na balada?

— Gui, ela não é espiritualista. E a gente tava, sim, mas não estávamos fazendo nada. A Júlia sim, tava lá beijando outra.

— Vocês são impossíveis, querem me enlouquecer! Eu tava num barzinho ali perto com o boy, tive que dispensar ele pra ir apagar esse incêndio que você deixou lá e veio pra cá ficar na boa.

— Era só você não ter ido, você sabe como a Júlia é.

— Não, não sei mais como a Júlia é. Não a reconheço depois desse término de vocês. Pelo amor de Deus, Ana. O que você estava fazendo lá?

— Gui, ela tava lá beijan... Quer saber? Não sou mais adolescente pra ficar dando satisfação da minha vida pra mamãe. Da próxima vez que ela te ligar, simplesmente não vá! Você é nosso amigo, não nosso pai. E outra coisa, você é meu amigo muito antes de qualquer coisa, virou amigo dela por força do destino. Então respeite nossa relação e para de ficar brigando comigo por causa das minhas decisões. Se você tá com pena dela, vai lá você casar com ela.

— Cruzes.

Fiquei encapetada e saí do quarto dele batendo a porta dele, trancando a minha e indo procurar um colo, um aconchego, uma palavra amiga ou qualquer coisa que me confortasse ao lado da Ísis.

Mas parece que os planos do universo estavam um pouco diferentes dos meus e não era isso que me reservava.

— Ana, vou embora.

— Oi?

— Vou embora – disse a Ísis se levantando e se arrumando –, tá decidido.

— Mas, como assim, vai embora agora de madrugada?

— Ué, a Júlia pode e eu não?

— Não foi isso que eu quis dizer, ou melhor, foi. Já nem sei mais. Por que você vai embora?

— Porque eu preciso pensar. Tudo isso... hoje... mexeu muito comigo. Preciso entender tudo.

— Não, Ísis, essas coisas aconteceram porque meu término com a Júlia tá muito recente e...

— Ana, você pode ligar pro táxi?

Vi que não adiantaria tentar convencê-la. Era melhor mesmo deixá-la ir embora, também precisava dormir, estava cansadíssima. Não tenho mais 18 anos. Incrível como as maiores conclusões a gente tira no banho, né? Tava pensando, como posso me envolver tão rápido com outra pessoa? Seria isso uma tentativa de fuga, um amadurecimento ou só mesmo um *standby* da vida? Claro que a Ísis tem qualidades incríveis que adorei conhecer, fiquei encantada. Tudo foi ótimo. Mas será mesmo? E agora esse meu questionamento, será que é loucura ou é natural? Estou sendo precipitada? Será que estou louca? Com certeza a última questão é a mais provável. Preciso parar com isso. Na verdade, tudo o que preciso é dormir. Só isso. Dormir e esquecer que esse dia existiu.

Mal dormi, já estava de pé, e graças a Deus ainda era sábado. Levantei sem disposição pra ouvir meus pensamentos ainda na cama, precisava estar de pé pra digeri-los melhor, fazendo um café, quem sabe.

Enquanto olhava a água esquentando na leiteira, fiquei pensando se deveria estar me questionando tanto, se isso não ia contra tudo o que modifiquei nos últimos dias e o quanto me perguntar fazia parte da minha personalidade. Independente do que eu pensasse, as questões surgiam. Mas uma coisa é fato: não posso mais deixar as coisas como estão, preciso tomar uma providência antes que saiam do meu controle, antes que tudo entre em ebulição, afinal, você sabe: água muito quente estraga café.

Enquanto coava o café e o aroma tomava conta de toda casa do Guilherme, ouvi uma porta batendo. Se nenhuma alma penada veio me buscar, ele acordou.

Continuei fazendo o café porque de modo algum, ele pode ser interrompido. Não por mim, que amo essa arte do café e, no mais, eu já sabia, o Guilherme com certeza ia falar sobre a noite passada. Tô precisando mudar de ares, sabe.

– Ana, acho que você precisa conversar com a Júlia. Não dá mais pra ficar assim no meio de vocês.

– Gui, você está no meio porque quer, você nem devia estar apoiando ela tanto assim.

– Não seja egoísta, vai. Ela não tem ninguém, você tem.

– Tenho um amigo que só me coloca pra baixo e uma agência pra cuidar.

– E a espiritualista...

– Ela não é espiritualista, nem sei o que é uma pessoa espiritualista. Aliás, ela tem nome, o nome dela é Ísis e ela foi embora.

– Como assim, be? – disse pegando uma xícara e se servindo do café – Te abandonou?

– Ela foi embora de madrugada, disse que precisava pensar em tudo isso sozinha. Coitada também, né? Viveu num conto de fadas até hoje e já da logo de cara com duas malucas na turbulência de um término.

– Duas malucas na turbulência de um término... Uau...

– Sabe o quê? Vou deixar a Ísis pensar e ficar aqui numa boa, me dar ao luxo de não fazer nada durante um sábado inteiro!

– Tá com a vida ganha com duas amapôs pensando em você, né?

– Tô com nada ganho, só cansei de ficar indo atrás de mulheres, resolver coisas que estão fora do meu alcance. Chega! Elas que se resolvam e me comuniquem.

– Se você quer me seguir – cantarolou o Guilherme indo para o quarto. – Não é seguro.

– Hoje quero sair só, hem!

Será que é isso que quero mesmo? Bom, só não quero nenhuma mulher junto pra me confundir, me apaixonar, pra nada. Vou virar uma assexuada. Viraria até, se não fosse tão difícil resistir.

Sabe o que eu tô precisando? Dirigir. Dirigir sempre me serviu pra pensar na vida. É isso que preciso! Mas como? O carro ficou com a Júlia...

RAQUEL! Vou ligar pra ela depois de ela ter me ligado quinhentas vezes sem eu atender. Ê, Ana, você é uma ridícula mesmo.

Liguei pra Raquel fingindo descaradamente que não tinha recebido ligação nenhuma dela.

– Que estranho... Meu celular não tocou, não tinha nenhuma ligação sua perdida.

Claro que tinha, claro que menti, mas essas coisas não se contam assim por telefone, ainda mais quando você quer pedir um favor. Que filha da puta, você pode estar pensando agora, mas juro que vou contar pra ela que não atendi porque não quis atender. Sério.

A Raquel, claro, atendeu meu pedido e disponibilizou o carro. Fui correndo até a casa dela, não literalmente, mas o mais depressa que pude. Quando cheguei ela já estava lá embaixo me esperando com a chave do carro na mão, parecia aqueles comerciais que tem uma gostosona te olhando com a chave pendurada no dedo perguntando se você quer fazer um *test-drive*, sabe?

– Obrigada, Raquel. Não vou demorar, é coisa rápida mesmo.

– Olha lá, hem, Ana. Meu carro está sem seguro. E vou precisar dele mais tarde.

– Relaxa, daqui há uma hora tô de volta e a gente conversa melhor.

– Quero ver.

Ela me entregou as chaves e entrei no carro como uma adolescente de 18 anos que acaba de ganhar seu primeiro carro, até me lembrar que já o tinha dirigido.

Como não tinha um destino certo, decidi dirigir até a cidade vizinha, assim, aproveitava e pegava uma estrada, já que a cidade não me deixaria pensar e só me estressaria.

O que eu faço?

Essa é a pergunta, mas o que faço com o quê? Com minha vida. Minha vida parece que está no *pause* de um CD gravado, você não faz a mínima ideia do que vem pela frente. Não posso permanecer assim, preciso fazer alguma coisa, mas em relação a que ou a quem? Desde que me separei da Júlia só tenho pensado em viver minha vida e isso é o que menos tenho feito até agora. Tudo bem, resolvi algumas coisas na agência, meu trabalho está OK. Mas e o resto? A vida não é só isso. Estou morando de favor na casa de um amigo, acabei de traumatizar uma mulher bacana, estou no carro de outra que conheci há pouco tempo, pensando em tudo isso que eu mesma fui responsável. A Júlia sofrendo, e eu com um nó no cérebro, será que eu devia talvez...? Não, chega de Júlia, deixa a Júlia lá, ficar tentando conversar nunca dá em nada, as duas só se magoam mais. É melhor sumir por uns tempos e deixar que o destino se encarregue do resto. Mas ele tem brincado tanto comigo que fico até com medo de deixar minha vida nas mãos dele.

Calma, Ana, o que a Ísis te ensinou? Faça as perguntas certas pra obter as respostas que você precisa. Então vamos lá: por que estou sofrendo? Porque terminei um relacionamento longo e agora me sinto perdida. Por que me sinto perdida? Porque tenho a impressão de que vivi minha vida toda com a Júlia. Por que você tem essa impressão? Porque foram oito anos de casamento. Acabou? Acabou. Acabou mesmo? Acabou. E agora o que você tem que fazer? Colocar a vida em ordem. O que está desarrumado? Não tenho casa. Só isso? Parece que sim. Pronto. Viu? Sabia que dirigir me ajudaria. Quanto à Ísis é melhor que ela fique pensando e consiga digerir tudo o que passou nesses dias. E à Raquel não devo nada. Apenas uma satisfação por não tê-la atendido.

Ótimo, tudo certo. Já posso voltar.

QUATRO ANOS DEPOIS DO ÚLTIMO PONTO FINAL

É engraçado reler e me lembrar de detalhes do que passei. Parece que faz tanto tempo, mas tudo aconteceu há quatro anos. Hoje, vejo como eu era pequena diante da imensidão de tanta vida, de tanta gente, de tanta coisa que ainda precisava viver. Quando decidi de verdade arrumar minha vida – algum tempo depois do ponto final – arrumei minhas malas e fui atrás de Flora, na esperança de que ela me dissesse algo, me desse uma luz, um caminho a seguir. Sabia o roteiro que ela faria e tentei segui-lo. Conheci lugares inesquecíveis, fiz coisas incríveis e conheci muitas pessoas especiais. Uma viagem sozinha é tudo de que nossa alma precisa pra se recompor. Parece que saí de um abismo que eu mesma cavara, me livrei de fantasmas, de cobranças que eu mesma criei. Enfim, me sentia leve. E era essa mesma a impressão que tinha e ainda tenho. Estou leve. Solta de pecados, de prazos, de paranoias, de metas a conquistar. Hoje sou o avesso do que era antes. E, quando finalmente sosseguei, num paraíso sem igual, fiquei passada com as notícias que recebi.

Vendi a agência e descobri que pouco tempo depois ela fechou as portas. Uma pena, mas tenho certeza de que todas as mentes brilhantes de lá conseguiram trabalho facilmente. Eu mesma recomendei alguns pra outros conhecidos. Soube que a Beatriz casou com um estrangeiro e agora vive viajando pelo mundo, nem sei onde pode estar agora. Ao contrário de mim, não se desfez da sua empresa, pelo contrário, deixou nas mãos da Ísis, que tem se saído muito bem, pelo que vejo de notícias nos sites.

Falando em Ísis, ela está num relacionamento e muito feliz, recebi o convite do chá de cozinha dela, vai morar junto com uma mulher e confesso que foi isso que me deixou mais passada: a mulher com quem ela está é a Raquel. Incrível como as coisas são simples e destinadas a acontecer. Pelo que sei, a Raquel também não teve mais notícias do cornão, que nessa história foi a peça--chave pra que tudo se fizesse do jeito que está. Acho que se o encontrasse algum dia, eu o agradeceria. Se ele não tivesse dado em cima da Júlia, talvez minha vida não tivesse mudado tanto e, falando nela...

Também nunca mais tive notícias depois que ela vendeu o apartamento e veio me dar minha metade. Aliás, depois que o Guilherme me assegurou de que ela estava bem, não fiz mais perguntas. Não que eu prefira não saber, mas se ela está bem é o que importa. Deixemos o passado no passado. O Gui finalmente foi descoberto, seus quadros estão valendo uma fortuna, mas ele não se deslumbrou. Claro que cometeu algumas extravagâncias de início, mas quem não faria isso? Com o dinheiro que está ganhando, foi conhecer todos os países que sentia vontade e até me mandou uma mensagem no Facebook, bem ranzinza, dizendo que teve a "infelicidade" de encontrar a Beatriz em Veneza. Resultado? Odiou Veneza. Não sei se ele não gosta dela pelo que ela fez comigo ou porque realmente não vai com a cara dela. Espero que seja a segunda opção, já que eu, que fui a maior prejudicada da história, não guardo mágoas, apesar de que ele pode não gostar dela também por ter tomado as dores da Júlia. É uma hipótese bem provável. Na verdade, deve ser por isso mesmo.

Quanto a mim, estou numa relação madura e sadia com uma mulher que tem me feito muito bem, a Mariana. Eu a conheci num bar em Campos do Jordão, numa das minhas andanças por lugares frios. E fui surpreendida com tantos sentimentos que nem sabia que existiam. Talvez tenha sido amor à primeira risada. Fomos nos conquistando devagar, sem pressa e sem querer. Quando demos conta, estávamos procurando uma casa no campo para viver quietas e em paz. Ela é veterinária de animais de grande porte e aqui é um lugar propício pra isso, animais não faltam pela vizinhança de sítios e fazendas.

Agora vivo de escrever usando um pseudônimo e tenho alguns suspenses publicados. Hoje, quando finalmente tomei coragem de reler tudo isso, decidi que precisava colocar um fim neste livro e quem sabe enviar à minha editora. Não é meu perfil e as pessoas nem sabem quem eu sou, mas não busco fama, senão não moraria no meio do mato. Mas acho que essa história pode servir de inspiração ou conforto pra alguém que, assim como eu, estava confusa. Minha dica é: calma, permita-se viver e dê tempo a si. De algum modo, tudo vai se resolver. Mas, principalmente, baixe sua voltagem. Pressa, correria, prazos: esqueça tudo isso e faça aquilo que realmente tem vontade, se for pra ser, o destino vai te ajudar. Não me imaginava aqui, muito menos casada com uma mulher que não fosse a Júlia, mas veja só. Eu amo a Mariana e hoje vejo que tudo precisava ter acontecido da maneira que aconteceu.

A Júlia foi fundamental por me lapidar, a Beatriz foi essencial para eu me valorizar, a Ísis foi crucial para que aprendesse a me questionar e rasgar a casca e sem tudo o que elas me ensinaram, jamais estaria pronta pra viver essa relação com a Mariana. Ela, que me entende melhor do que minha razão, que me enxerga com o coração e que acima de tudo tem um grande respeito pela minha personalidade, que não é fácil, mas não faz disso um problema, e sim uma característica que a permite se apaixonar cada dia mais. Assim ela me conquista e faz que eu queira ser a melhor pessoa do mundo com ela e foi assim que fiz uma das grandes descobertas sobre mim: eu sou amor. Nunca fui tão romântica e nunca agradeci tanto a vida como tenho feito ultimamente. Um dia, deitada na cama, enrolando pra levantar, ouvi a Mariana na cozinha preparando o café, a luz do sol entrando mansa pela janela, a cortina balançando bem devagarinho, um cheiro de grama entrando pelo quarto, fechei os olhos ainda sonolenta e agradeci a quem quer que tenha tornado tudo aquilo real e feliz, adormeci novamente e sonhei com a Flora. Ela estava radiante, arrumando a cama enquanto cantava:

Beija-flor que trouxe meu amor, voou e foi embora, olha só como é lindo o meu amor, estou feliz agora...

Quer saber mais sobre a hoo?

Conheça nossos títulos, autores e lançamentos.
Curta a página da **hoo** no Facebook e no Instagram. Visite nosso site e faça seu cadastro para ficar sabendo das novidades, promoções e receber capítulos de livros.

🌐 www.hooeditora.com.br

✉ contato@hooeditora.com.br

f /hooeditora

📷 /hooeditora